XINFANG TIAOLI YAODIAN JIEDA

信访条例要点解答

图书在版编目(CIP)数据

信访条例要点解答/法律出版社法规中心编. —北京:法律出版社,2008.2(2009.1重印)

ISBN 978-7-5036-8173-8

Ⅰ.信… Ⅱ.法… Ⅲ.信访工作—条例—中国—问答 Ⅳ.D922.182.05

中国版本图书馆CIP数据核字(2008)第012383号

责任编辑/张 戬　　**装帧设计**/汪奇峰

出版/法律出版社　　**编辑统筹**/法规出版分社
总发行/中国法律图书有限公司　　**经销**/新华书店
印刷/北京中科印刷有限公司　　**责任印制**/吕亚莉

开本/850×1168毫米 1/32　　**印张**/6 **字数**/117千
版本/2008年3月第1版　　**印次**/2009年1月修订,第2次印刷

法律出版社/北京市丰台区莲花池西里7号(100073)
电子邮件/info@lawpress.com.cn　　**销售热线**/010-63939792/9779
网址/www.lawpress.com.cn　　**咨询电话**/010-63939796

中国法律图书有限公司/北京市丰台区莲花池西里7号(100073)
全国各地中法图分、子公司电话:
第一法律书店/010-63939781/9782　　**西安分公司**/029-85388843
重庆公司/023-65382816/2908　　**上海公司**/021-62071010/1636
北京分公司/010-62534456　　**深圳公司**/0755-83072995

书号:ISBN 978-7-5036-8173-8　　**定价:**13.00元

总 目 录

目　录

第一部分　信访概述

第二部分　信访渠道

第三部分　信访事项的提出

第四部分 信访事项的受理

第五部分 信访事项的办理和督办

第六部分 法 律 责 任

第七部分　其他处理矛盾的途径

附　录

第一部分　信访概述

001 什么是信访?

《信访条例》第2条规定:“本条例所称信访,是指公民、法人、或者其他组织采用书信、电子邮件、传真、电话、走访等形式,向各级人民政府、县级以上人民政府工作部门反映情况,提出建议、意见或者投诉请求,依法由有关行政机关处理的活动。采用前款规定的形式,反映情况,提出建议、意见或者投诉请求的公民、法人或者其他组织,称信访人。”

由此可见,信访包括以下四个特征:

(1)信访的主体可以是公民、法人、或者其他组织;

(2)信访的形式可以是书信、电子邮件、传真、电话、走访等;

(3)信访是一个互动、双向的过程,包含社会成员为了实现某种目的和需要提出信访事项的活动以及行政机关依法处理社会成员提出的信访事项的活动两个方面;

(4)《信访条例》所指的信访,主要是指行政信访。即公民、法人或者其他组织反映情况,提出建议、意见或者投诉请求,应是向各级人民政府、县级以上人民政府工作部门提出,即行政机关，不包括人民代表大会及其常务委员会、人民法院、人民检察院等非行政机关。

002 为什么要制定《信访条例》？

《信访条例》第 1 条对此有明确规定："为了保持各级人民政府同人民群众的密切联系，保护信访人的合法权益，维护信访秩序，制定本条例"。

"保持各级人民政府同人民群众的密切联系"是信访工作的性质和作用在《信访条例》中的具体体现。1995 年制定《信访条例》时即将这条写入，2005 年修订时仍保留原条款。因为在新的历史时期，保持党和政府同人民群众的密切联系这一作用只能加强，不能削弱。

"保护信访人的合法权益"是《信访条例》重要的价值取向。信访工作法治化和规范化，不是为了限制信访人依法信访，不是要限制信访人反映情况，提出建议、意见或者投诉请求，而是为了更好地保护信访人的合法权益，尤其是要为因行政权力滥用而切身利益受到损害的公民提供救济。

针对信访秩序方面存在的突出问题，2005 年修订《信访条例》时将"维护信访秩序"作为主要立法目的之一，并作为修订重点。主要对越级上访、集体上访、走访的地点等作了规定，并明确了信访人在信访过程中的六种禁止行为以及扰乱信访秩序的法律责任。

003 信访工作的原则是什么?

信访工作有五个原则:

(1)方便信访人原则。其目的是保护信访人行使权利不受任何组织和个人的阻碍、限制和打击报复,同时,要求各级人民政府、县级以上人民政府工作部门畅通信访渠道,为信访人提供便利条件。

(2)"属地管理、分级负责,谁主管、谁负责"原则。该原则强调的是明确职责,区别情况,"条"、"块"结合。其中"属地管理、分级负责"是强调地方政府在处理信访问题中的主导作用,"谁主管、谁负责"是指同级政府各职能部门按照信访问题的性质在各自职责范围内处理问题。

(3)"依法、及时、就地解决问题与疏导教育相结合"原则。该原则强调信访工作既是处理群众反映问题的过程,又是疏导群众情绪、开展思想政治工作、对群众进行宣传教育的过程。

(4)治标和治本相结合的原则。该原则要求各地各部门要科学决策、依法行政,从源头上预防、减少矛盾和纠纷的产生,同时处理矛盾和纠纷要关口前移,把工作重点从事后处置转移到事前预防。

(5)责任原则。是指处理人民来信来访是各级人民政府和政府工作部门的法定职责,如果不积极履行职责,造成后果的,要承担相应的法律责任。

004 《信访条例》对信访工作的组织领导是如何规定的?

根据信访工作实践的现实情况和发展要求,《信访条例》对信访工作的组织领导作出了明确规定,规定了信访工作的主体、信访工作格局和领导负责制,明确了具体要求:

(1)明确了信访工作的主体是各级人民政府、县级以上人民政府工作部门,并对信访工作提出总体要求。《信访条例》第3条第1款规定:"各级人民政府、县级以上人民政府工作部门应当作好信访工作,认真处理来信、接待来访,倾听人民群众的意见、建议和要求,接受人民群众的监督,努力为人民群众服务。"

(2)确立了统一领导、部门协调,统筹兼顾、标本兼治,各负其责、齐抓共管的信访工作格局。《信访条例》第5条第2款规定:"县级以上人民政府应当建立统一领导、部门协调,统筹兼顾、标本兼治,各负其责、齐抓共管的信访工作格局,通过联席会议、建立排查调处机制、建立信访督查工作制度等方式,及时化解矛盾和纠纷。"

(3)对实行信访工作领导负责制提出了要求。《信访条例》第5条第3款规定:"各级人民政府、县级以上人民政府各工作部门的负责人应当阅批重要来信、接待重要来访、听取信访工作汇报,研究解决信访工作中的突出问题。"

005 信访机构的职责是什么?

2005 年《信访条例》修订,对信访工作机构设置、性质及职责做出了明确规定。

第 6 条第 1 款规定了工作机构的设置:"县级以上人民政府应当设立信访工作机构;县级以上人民政府工作部门及乡、镇人民政府当按照有利工作、方便信访人的原则,确定负责信访工作的机构或者人员,具体负责信访工作。"

第 6 条第 2 款规定了信访机构工作职责:"县级以上人民政府信访工作机构是本级人民政府负责信访工作的行政机构,履行以下职责:

(1)受理、交办、转送信访人提出的信访事项;

(2)承办上级和本级人民政府交由处理的信访事项;

(3)协调处理重要信访事项;

(4)督促检查信访事项的处理;

(5)研究、分析信访情况,开展调查研究,及时向本级人民政府提出完善政策和改进工作的建议;

(6)对本级人民政府其他工作部门和下级人民政府信访工作机构的信访工作进行指导。"

006 信访有奖励机制吗?

信访人反映的情况,提出的建议、意见,对国民经济和社会发展或者对改进国家机关工作以及保护社会公共利益有贡献的,由有关行政机关或者单位给予奖励。

对在信访工作中做出优异成绩的单位或者个人,由有关行政机关给予奖励。

第二部分　信访渠道

007 什么是信访渠道?

信访渠道,是指便利公民、法人或者其他组织反映情况,提出建议、意见或者投诉请求的信访救济途径。由于通过这条途径反映问题方便、快捷、成本低,便被形象地称为信访渠道,并已成为信访工作实践中约定俗成的一个词汇。它一方面表述出信访制度救济的范围是有边界的,不是无所不包的;另一方面极具概括性地描述了信访过程是畅通或是不畅的本质。

008 信访渠道由哪些要件构成?

信访渠道的构成包括三个方面:

(1)信访渠道的主体。其中提出信访事项的主体是信访人;处理信访事项的主体是各级人民政府、县级以上人民政府工作部门和信访工作机构。

(2)信访渠道的制度保障。信访渠道是《信访条例》新设的一章,将建立信访信息系统、领导接待日、社会参与化解纠纷等行之有效的工作机制以行政法规的形式予以确认。要求各级人民政府、县级以上人民政府工作部门向社会公开相关信息,如信访工作机构的通信地址、电子邮箱、投诉电话等;要求设区的市级、县级人民政府及其工作部门,乡、镇人民政府建立行政机关负责人信访接待日制度,县级以上人民政府及其工作部门建立领导下访制度;要求国家信访工作机构、县级以上地方人民政府建立信息系统;要求设区的市、县两级人民政府可以根据信访工作的实际需要,建立政府主导的、社会参与、有利于迅速解决纠纷的工作机制。

(3)信访渠道的入口和出口。信访事项的受理渠道,解决的是信访事项如何进入信访渠道的问题,即信访渠道的入口问题,它是整个信访制度良性运行的前提和基础;信访事项的办理渠道,解决的是信访事项进入信访途径后能否得到有权处理的行政机关认真办理的问题,即信访渠道的出口问题,它是信访制度良性运行的核心所在,是信访制度有效性问题。

009 畅通信访渠道的基本要求是什么?

(1)密切联系群众。畅通的信访渠道,可以使来自群众的信息全面、准确地进入各级党委和政府的决策系统;代表人民利益的决策能够满足群众合理要求,为群众排忧解难。

(2)监督行政机关依法行政、合理行政。信访制度属于国家行政权力监督体系中非国家机关监督的一种重要形式和途径。群众可以通过畅通的信访渠道,直接对各级人民政府、县以上人民政府工作部门及其工作人员的职务行为实施监督。

(3)维护社会和谐稳定。畅通的信访渠道有利于有关行政机关及时纠正错误改进工作;有利于复杂疑难问题及时得到协调解决;有利于党委、政府根据社情民意和社会动态有效地调整决策,减少不安定因素,促进社会和谐稳定发展。

(4)为领导科学决策服务。来自信访渠道的社情民意信息,是一种宝贵的社会资源,有利于为决策层指导工作提供资料,从而起到拾遗补缺的作用。

010 什么是信访接待日？什么是下访制度？

信访接待日制度即领导接待日制度,是指信访人可以在公布的接待日和接待地点向有关行政机关负责人当面反映信访事项。下访制度是指县级以上人民政府及其工作部门负责人或者其指定的人员,可以就信访人反映突出的问题到信访人居住地与信访人面谈。

信访接待日制度和下访制度,是落实领导信访工作责任制的两项重要制度。它通过行政机关的领导直接听取群众的意见和要求,与信访群众面对面谈话,亲自做理顺情绪、协调化解的工作,可以及时有效地解决许多信访突出问题,促进信访渠道的畅通。

011 信访人可以查询投诉请求的办理情况吗?

信访人可以持行政机关出具的投诉请求受理凭证到当地人民政府的信访工作机构或者有关工作部门的接待场所查询其所提出的投诉请求的办理情况。县级以上各级人民政府的信访工作机构或者有关工作部门应当及时将信访人的投诉请求输入信访信息系统,以方便信访人查询。

第三部分　信访事项的提出

012 信访人提出信访事项要注意哪些问题?

(1)信访事项的提出,是一种程序性行为。程序性行为在法律性质上具有双重性,即信访人权利义务的统一。根据我国宪法规定,公民对于任何国家机关和国家工作人员,有提出批评和建议的权利;对于任何国家机关和国家工作人员的违法失职行为,有向有关国家机关提出申诉、控告或者检举的权利。信访事项的提出,是上述权利实现的途径之一。同时,公民在行使自己权利的时候也要遵守法律、法规,不得损害国家的、社会的、集体的利益和其他公民的合法自由和权利。

(2)《信访条例》提倡采用书信、电子邮件、传真等书面形式提出信访事项。主要基于以下考虑:一是信访人书面提出信访事项,载明信访人的姓名(名称)、住址和请求、事实、理由,有关行政机关可以作出初步判断并依法处理,对需要进一步调查核实的情况,行政机关可以及时联系信访人。二是信访人提供的书面材料,不仅有利于行政机关掌握了解有关情况,而且是信访事项处理整个程序中重要的原始性书面凭证。三是采用书面形式提出信访事项，既方便信访人，节约信访活动成本；也方便信访事项的处理，节约处理成本；同时对于减少走访活动，维护信访接待场所的秩序产生积极效果。

（3）信访人提出信访事项，应当客观真实，对其所提供材料内容的真实性负责，不得捏造、歪曲事实，不得诬告、陷害他人。对于事实不清楚、理由不充分的来信，受理机关可以作为无价值或无效来信，不予受理。

（4）信访人在信访过程中应当遵守信访秩序。

013 信访人可以就哪些组织及其人员的职务行为向行政机关提出信访事项？

信访人可以就以下五类组织及其人员的职务行为提出信访事项：

（1）行政机关及其工作人员；

（2）法律、法规授权的具有管理公共事务职能的组织及其工作人员；

（3）提供公共服务的企业、事业单位及其工作人员；

（4）社会团体或者其他企业、事业单位中由国家行政机关任命、派出的人员；

（5）村民委员会、居民委员会及其成员。

014 什么样的行为属于职务行为?

职务行为,是指履行本机关或者单位职责、法定或者约定义务的行为,或者代表本机关或单位,以机关、单位名义履行职责所做出的行为,而并非个人名义做出的行为。准确地判断有关组织及其人员的职务行为,是向有关行政机关提出信访事项的前提条件。

判断职务行为,一般应当具备以下要件:

一是执行职务的时间和地点。一般来讲,行政机关工作人员在法定时间与工作地点实施的行为大多数属于职务行为。

二是实施行为的名义或身份。行政机关工作人员实施行为时,要通过出示证件、执法证明文件或者装配带标志等来表示行政机关工作人员的身份,并且以行政机关的名义出现。

三是与所享有职权和所执行职权的内在联系。首先,该行为的实施虽非履行公务所必需,但却是可能发生的;其次,该行为的实施从行为人主观上讲不含有因私而为的因素。

总之,准确地判断一个行为是否属于职务行为,既要考虑行为的时间、地点、行时的名义、身份等,又要重点考查行为与行政机关工作人员所肩负的职务之间是否存在内在联系。

015 哪些信访事项不属于行政机关的管辖范围内?

《信访条例》属于行政法规,信访仅仅是法律规定的救济渠道的一种。对于依法应当通过诉讼、仲裁、行政复议等法定途径解决的投诉请求和属于国家权力机关、司法机关职权范围内的信访事项,信访人应当按照法律、行政法规规定的程序向有关机关提出。

016 什么是诉讼? 对哪些行为可以提起诉讼?

诉讼,是指通过人民法院审理案件解决当事人之间的争议。根据《中华人民共和国行政诉讼法》的规定,人民法院受理公民、法人和其他组织对下列具体行政行为不服提起的诉讼:

(1)对拘留、罚款、吊销许可证和执照、责令停产停业、没收财物等行政处罚不服的;

(2)对限制人身自由或者对财产的查封、扣押、冻结等行政强制措施不服的;

(3)认为行政机关侵犯法律规定的经营自主权的;

(4)认为符合法定条件申请行政机关颁发许可证和执照,行政机关拒绝颁发或者不予答复的;

(5)申请行政机关履行保护人身权、财产权的法定职责,

行政机关拒绝履行或者不予答复的;

(6)认为行政机关没有依法给抚恤金的;

(7)认为行政机关违法要求履行义务的;

(8)认为行政机关侵犯其他人身权、财产权的。

017 什么是仲裁?仲裁主要解决哪些问题?

仲裁,又称公断,是指纠纷双方在纠纷发生前或者发生后,达成仲裁协议或者根据法律规定,自愿将纠纷交给第三人做出裁决的一种纠纷解决机制。

根据《中华人民共和国仲裁法》规定,平等主体的公民、法人和其他组织之间发生的合同纠纷和其他财产权益纠纷,可以仲裁。但婚姻、收养、抚养、继承纠纷以及依法应当由行政机关处理的行政争议,不能仲裁。

在仲裁类信访事项中,以企业劳动争议仲裁居多。

018 什么是行政复议?哪些行为应该通过行政复议途径解决?

行政复议,是指公民、法人或者其他组织认为具体行政行为侵犯其合法权益,依法向行政复议机关提出复查该具体行政行为的申请,行政复议机关依照法定程序对被申请的具体行政行为的合法性、适当性审查,并作出决定。

根据《中华人民共和国行政复议法》规定,有下列情形之一的,公民、法人或者其他组织可以依照本法申请行政复议:

(1)对行政机关作出的警告、罚款、没收违法所得、没收非法财物、责令停产停业、暂扣或者吊销许可证、暂扣或者吊销执照、行政拘留等行政处罚决定不服的;

(2)对行政机关作出的限制人身自由或者查封、扣押、冻结财产等行政强制措施决定不服的;

(3)对行政机关作出的有关许可证、执照、资质证、资格证等证书变更、中止、撤销的决定不服的;

(4)对行政机关作出的关于确认土地、矿藏、水流、森林、山岭、草原、荒地、滩涂、海域等自然资源的所有权或者使用权的决定不服的;

(5)认为行政机关侵犯合法的经营自主权的;

(6)认为行政机关变更或者废止农业承包合同,侵犯合法权益的;

(7)认为行政机关违法集资、征收财物、摊派费用或者违法要求履行其他义务的;

(8)认为符合法定条件,申请行政机关颁发许可证、执照、资质证、资格证等证书,或者申请行政机关审批、登记有关事项,行政机关没有依法办理的;

(9)申请行政机关履行保护人身权利、财产权利、受教育权利的法定职责,行政机关没有依法履行的;

(10)申请行政机关依法发放抚恤金、社会保险金或者最低生活保障费,行政机关没有依法发放的;

(11)认为行政机关的其他具体行政行为侵犯其合法权益的。

019 信访人对人民代表大会、人民法院、人民检察院的信访事项可以向行政机关提出吗?

人民代表大会属于国家权力机关,人民法院、人民检察院属于国家司法机关,对他们的信访事项也是排除在行政机关管辖范围之外的。因此,信访人对各级人民代表大会以及县级以上人民代表大会常务委员、人民法院、人民检察职权范围内的信访事项,应当分别向有关的人民代表大会及其常务委员会、人民法院、人民检察院提出。

所谓“职权范围内”,是指宪法和法律赋予国家权力机关、司法机关特有的职权,这些职权是行政机关不具有的。对于属于国家权力机关、司法机关职权范围内的信访事项,应当由国家权力机关和司法机关依法,行政机关无权干预。

020 哪些信访事项属于各级人民代表大会以及县级以上各级人民代表大会常务委员会职权范围内的信访事项?

(1)人民代表大会及其常务委员会颁布的法律法规,通过的决议、决定的意见和建议；

(2)对人民法院、人民检察院违法失职行为的申诉、控告或者检举；

(3)对人民代表大会代表、人民代表大会常务委员会组成人员以及人民代表大会常务委员会工作人员的建议、批评、意见和违法失职行为的申诉、控告或者检举；

(4)对人民法院、人民检察院的生效判决、裁定、调解和决定不服的申诉；

(5)对人民政府及其工作部门制定的规范性文件的意见和建议；

(6)对由本级人民代表大会及其常务委员会选举、决定任命、批准任命的国家机关工作人员违法失职行为的申诉、控告或者检举；

(7)属于人民代表大会及其常务委员会职权范围内的其他事项。

这里要注意的是，以上第(5)、第(6)项也在行政机关职权范围内，对于这两类信访事项，行政机关有责任进行内部监督，不得以属于人大受理范围而不予受理。

021 属于各级人民法院职权范围内的信访事项主要有哪些？

(1)对人民法院工作的建议、批评和意见；

(2)对人民法院工作人员的违法失职行为的报案、申诉、控告或者检举；

(3)对人民法院生效判决、裁定、调解和决定不服的申诉；

(4)依法应当由人民法院处理的其他事项。

022 属于各级人民检察院范围内的信访事项主要有哪些？

(1)对人民检察院工作的建议、批评和意见；

(2)对人民检察院工作人员的违法失职行为的申诉、控告或者检举；

(3)对人民检察院生效决定不服的申诉；

(4)对人民法院审判活动中的违法行为的控告或者检举；

(5)对公安机关不予立案决定不服的申诉；

(6)对公安机关侦查活动中的违法行为的控告或者检举；

(7)对国家机关工作人员职务犯罪行为的控告或者检举；

(8)依法应当由人民检察处理的其他事项。

上述第(5)项和第(7)项，行政机关有义务行使内部监督权，对涉及的行政机关及其工作人员进行责任追究。

023 《信访条例》对信访人采用书面形式提出信访事项有什么规定?

《信访条例》规定,信访人提出投诉请求的,还应当载明信访人的姓名(名称)、住址和请求、事实、理由。其法律依据是《中华人民共和国民法通则》和《中华人民共和国集会游行示威法》、《中华人民共和国国家赔偿法》等法律法规的有关规定。这样规定,一是保证信访人所提投诉请求的严肃性;二是保证所提事项的真实性;三是便于告知信访人信访事项的处理情况。

对于不具名或者不写真实姓名(名称)、住址的来信,均作为匿名信处理。对于匿名信的处理,应具体分析,区别对待。如果事实清楚、理由充分,这种匿名信应视为信访人自我保护的一种手段和措施,信访部门应谨慎对待,认真处理;如果有歪曲事实、诬陷他人的倾向,可以不予受理。对于事实不清楚、理由不充分的来信,均作为无价值来信或无效来信,可以不予受理。

024 信访人采用走访形式反映问题应当注意哪些问题?

走访,是指信访人本人或者委托他人到行政机关面谈,提出信访事项。信访人采用走访形式提出信访事项,应当遵守以下规定：

(1)应当到行政机关专门设立或者指定的接待场所；

(2)多人走访反映共同问题的应当推选代表，代表人数不得超过5人；

(3)信访人应当逐级提出信访事项，即应当向依法有权处理的本级或上一级机关提出；

(4)在法定受理期限内避免信访事项重复提出。对于信访事项已经受理或者正在办理的，信访人在规定期限内向受理、办理机关的上级机关再提出同一信访事项的，该上级机关不予受理。

025 如果信访人所提信访事项不真实，会产生什么样的后果?

如果信访人所提信访事项不真实，会产生以下三个后果：

(1)所提信访事项本身偏离法律应当提供保障的，从而殃及信访权利行使的正当性；

(2)所提信访事项不真实，导致受理、办理障碍，增加行政机关的依法行政成本，最终损害的还是信访人的权益；

(3)如果信访人违背真实性原则，并且有诬告、陷害他人的行为，还将受到法律的制裁。如《中华人民共和国刑法》第243条第1款规定，“捏造事实诬告陷害他人，意图使他人受刑事追究，情节严重的，处三年以下有期徒刑、拘役或者管制;造成严重后果的,处三年以上十年以下有期徒刑。"

026 《信访条例》是如何规定信访秩序的?

《信访条例》第20条规定,信访人在信访过程中应当遵守法律、法规,不得损害国家、社会、集体的利益和其他公民的合法权利,自觉维护社会公共秩序和信访秩序,不得有下列行为:

(1)在国家机关办公场所周围、公共场所非法聚集,围堵、冲击国家机关,拦截公务车辆,或者堵塞、阻断交通的;

(2)携带危险物品、管理器具的;

(3)侮辱、殴打、威胁国家机关工作人员,或者非法限制他人人身自由的;

(4)在信访接待场所滞留、滋事,或者将生活不能自理的人弃留在信访接待场所的;

(5)煽动、串联、胁迫、以财物诱使、幕后操纵他人信访或者以信访为名借机敛财的;

(6)扰乱公共秩序、妨害国家和公共安全的其他行为。

以上六种行为,是《信访条例》通过概括列举的方式作出的明确规定,它是《中华人民共和国宪法》的有关规定和法治精神的体现。其主要法律依据是《中华人民共和国宪法》、《中华人民共和国刑法》、《中华人民共和国治安管理处罚条例》、《中华人民共和国集会游行示威法》、《中华人民共和国集会游行示威法实施条例》等。

第四部分　信访事项的受理

027 信访事项的受理机关有哪些?

信访事项的受理机关,是指根据《信访条例》的规定,受理公民、法人或其他组织提出的信访事项,并依法进行转送、交办、督查、督办,或者依照法定权限直接对信访事项所涉及的具体行政行为的合法性、适当性进行审查并作出决定的行政机关。主要分为两类:一是各级人民政府信访工作机构,二是各级人民政府信访工作机构以外的行政机关。

把信访事项的受理机关进行划分,主要考虑到初次处理信访事项的主体不明,权限不清,在很大程度上导致了信访事项的无效率。信访人因不了解两类行政机关在受理信访事项上的区别和职责权限,所有信访事项都涌向各级人民政府信访工作机构,或者往返奔波于多个行政机关之间。各级人民政府信访工作机构为了保证有关行政机关及时受理这些信访工作机构无权直接办理的信访事项,将主要的精力用于分流转送工作,严重影响了交办、督查、督办、协调、调查研究等职能的充分发挥。政府各工作部门由于有权无责,往往容易忽视信访工作,没有承担起应有的职责。

所以,明确受理机关及首次处理的权限是确保有效处理信访事项的重要前提。各级人民政府信访工作机构的权限是分流、转送、交办、督查、督办;各级人民政府工作部门的权限是审查本部门及其下级行政机关的行政行为是否合法、适当并予以纠正。

028 各级人民政府信访工作机构有权受理哪些信访事项?

各级人民政府信访工作机构多由秘书机构演变而来,在设立之初不具有独立的法律地位,有的经过多次机构改革成为政府直属机构,但是由于职能限制,不能以自己的名义独立地对外发布决定以及独立地采取措施保障这些决定的实施,一般是以本级人民政府的名义开展工作,不能在政法领域享有独立的主体资格,因此不具有独立的法律地位,不能独立地承担法律后果,不能成为行政诉讼、行政复议或者国家赔偿的主体。其对信访事项主要是进行程序性的处理以及监督。

具体说来,各级人民政府信访工作机构有权受理以下事项:

(1)对本级、下级人民政府及其工作部门职权范围内的工作提出的建设性建议;

(2)信访事项的处理需要本级人民政府协调的;

(3)要求改变或者撤销本级人民政府所属各工作部门不

适当的措施、指示和下级人民政府不适当的措施、决定；

(4)对本级对下级信访工作机构工作人员履行职务的行为不满的；

(5)其他需要由本级人民政府信访工作机构受理的事项。

029 各级人民政府工作部门有权受理哪些信访事项?

各级人民政府工作部门,是指按照法律规定程序成立、能以自己的名义独立地从事行政管理活动,并承担相应法律后果的行政组织。值得注意的是,对于信访事项的处理,各级人民政府工作部门往往设立或确定其内部某一机构专门或兼理信访工作,该工作机构不管是对信访人直接提出的信访事项,还是对各级人民政府信访工作机构转送、交办的信访事项,都是以该人民政府的名义受理、办理和答复办理结果。《信访条例》明确了人民政府工作部门的主体资格,即不论受理、办理及答复等行为由政府工作部门哪个内设机构做出,该政府工作部门都要独立承担法律责任。

也就是说,各级人民政府工作部门对于受理的信访事项,有权进行实质性的处理。这也是宪法赋予各级人民政府相应职权的体现。

具体说来,各级人民政府工作部门有权受理以下信访事项:

(1)对本部门或下级部门的具体行政行为或对任免、考核和奖励行政人员不满，请求纠正的投诉请求；

(2)对本部门或下级下部门职权范围内的工作提出的建设性建议；

(3)信访事项的处理需要本部门协调的；

(4)要求改变或者撤销下级部门不适当的决定；

(5)其他有权受理的信访事项。

030 涉及两个或者两个以上行政机关的信访事项，由谁受理？

涉及两个或者两个以上行政机关的信访事项，由所涉及的行政机关协商受理；受理有争议的，由共同的上一级行政机关决定受理机关。

这其实是管辖权的争议问题，主要是由于特别管辖[①]所引起的。特别管辖主要有三类：

(1)共同管辖，指两个以上的行政主体对同一个行政事务都具有法定的行政管辖权。或者是法律、法规规定某一行政事务必须由两个或两个以上不同职能的行政机关共同管辖，或者是某一行政事务需要由两个或两个以上不同职能的行政机关共同管辖，或者同职能的不同行政主体之间对同一

---

① 行政管辖权分为三类：第一类是级别管辖，是以行政层级为标准确定上下级行政主体之间首次处理行政事务的权限和分工；第二类是地域管辖，是以行政区划分为标准确定同级行政主体之间首次处理行政事务的权限和分工；第三类是特别管辖，它是级别管辖和地域管辖的一种例外。

行政事务具有共同的管辖权。

(2)移送管辖，指已经受理某一行政事务的行政主体，发现其对该行政事务没有法定的管辖权，依法将该行政事务移送至有管辖权的行政机关。《信访条例》对此种情形没有规定，但是依照法理学的一般原理，对于已经决定受理的事务，不能在发现自己没有法定管辖权后向申请人再做出不予受理的决定。受理机关有责任将已经受理的事务移送至有权受理的机关。

(3)指定管辖，指上级行政机关依法将某一行政事务依法指定给某一行政主体管辖。主要有两种情形：一是两个以上的行政主体对同一行政事务都主张具有管辖权或者都主张不具有管辖权；二是某一行政事务没有管辖机关或管辖机关由于客观原因不宜管辖，上级行政机关自动指定某一行政机关管辖。

031 受理信访事项的行政机关分立、合并、撤销的，该信访事项如何处理？

这涉及行政机关法律资格变更以及权利义务的继承问题。《信访条例》第25条规定："应当对信访事项做出处理的行政机关分立、合并、撤销的，由继续行使其职权的行政机关受理；职责不清的，由本级人民政府或者其指定的机关受理。"

就"继续行使职权的行政机关"而言，也因行政机关主体资格变更的情况不同而分为三种情形：

(1)行政主体分解,即由一个行政主体分解为两个以上的主体,这种情况下,“继续行使其职权的行政机关”就是分解后继承了该信访事项所涉及职权的那个新的行政机关;

(2)行政主体合并,即两个以上的行政机关集合为一个行政机关。这种情况下,“继续行使其职权的行政机关”就是变更后新的行政机关;

(3)行政主体消亡,即一个行政机关的主体资格从法律上丧失。如果属于该行政主体被解散的情形,受理、处理该信访事项的行政机关为原行政机关的撤销机关;如果属于授权机关收回授权或授权期满的情形,受理、处理该信访事项的行政机关为授权机关。

032 信访事项的受理程序是怎么样的?

(1)登记。登记是《信访条例》要求行政机关履行的一项义务。即行政机关在收到信访事项后,不论其来源,也不论是否属于其受理范围,一律要予以登记。

(2)初步审查。其内容包括:是否属于不予受理的信访事项;是否属于本级有权受理的信访事项;是否属于本地区有权受理的信访事项;是否已经过终结的信访工作程序;是否有实质性的内容和具体请求;是否已经受理、正在办理。

(3)做出是否受理的决定。即对符合信访事项提出条件,且属于其法定职权范围的信访事项,决定受理;反正决定不受理。

(4)受理。各级人民政府信访工作机构与政府工作部门在决定受理信访事项后,就进入受理程序。

033 初步审查有期限限制吗?

《信访条例》规定,“有关行政机关收到信访事项后,能够当场答复是否办理的,应当当场答复;不能当场答复的,应当自收到信访事项之日起15日内书面告知信访人。”由此可见,初审的期限应当有以下两种:

(1)一般初审期限。“收到信访事项之日”对于以信件形式提出的信访事项,参照日期为邮件到达之日的邮戳和行政机关接收登记邮件的日期。对于以走访形式提出的,应以信访人到行政机关设立的接待场所提出信访事项之日为准。

(2)特别受理期限。“能够当场答复是否办理的,应当当场答复”,是考虑到以走访形式提出信访事项的,事实较清楚、所涉事项职权管辖较明确,行政机关可以当场判断出是否属于其受理范围的,应当当场决定。

034 行政机关做出是否受理的决定后,有义务告知信访人吗?

是否受理决定必须通过一定的行为做出,使得信访人明确得知，这种行为便是告知。但是根据各级人民政府信访工作机构和政府工作部门信访工作方式的特点，对他们是否需要履行告知义务的规定是不相同的。

具体说来，对于各级人民政府信访工作机构而言，决定受理的信访事项，没有告知信访人信访事项去向的义务，但是决定不予受理的信访事项要告知信访人，并告知向相应机关提出。对于各级人民政府工作部门而言，收到信访事项，不论是否受理都必须书面告知信访人。

035 信访人的信访事项或投诉请求受保密吗？

《信访条例》第23条规定，行政机关及其工作人员不得将信访人的检举、揭发材料及有关情况透露或者转给被检举、揭发的人员或者单位。

036 紧急信访事项应当如何处理？

公民、法人或者其他组织发现可能造成社会影响的重大、紧急信访事项和信访信息时，可以就近向有关行政机关报告。

地方各级人民政府接到报告后，应当立即报告上一级人民政府；必要时，通报有关主管部门。县级以上地方人民政府有关部门接到报告后，应当立即报告本级人民政府和上一级主管部门；必要时，通报有关主管部门。国务院有关部门接到报告后，应当立即报告国务院；必要时，通报有关主管部门。

行政机关对重大、紧急信访事项和信访信息不得隐瞒、谎报、缓报，或者授意他人隐瞒、谎报、缓报。

第五部分 信访事项的办理和督办

037 信访事项的办理分哪几种情况？

信访事项的办理，是指有权处理的行政机关依据职权，对已经受理的信访事项进行研究论证或者调查核实后，依法作出决定、予以处理的行为。

根据《信访条例》对信访的定义，信访事项的办理主要分为两大类：一类是对信访人反映的情况，提出的建议、意见类信访事项的办理；另一类是对投诉请求类信访事项的办理。两类信访事项的性质不同，行政机关在办理时所适用的方式、方法、程序以及法律责任均有所不同，需要予以分类办理。

038 反映情况及建议、意见类信访事项如何办理？

这类信访事项的办理一般不适用强制性的程序，不一定启动信访调查等，主要是由有关行政机关行使自由裁量权予以办理：

(1)从受理的建议、意见类信访事项中筛选出对改进行政机关工作、促进国民经济和社会发展有参考价值的内容；

(2)认真研究论证并积极采纳；

(3)对符合《信访条例》第8条规定的情形，“信访人反映的情况，提出的建议、意见，对国民经济和社会发展或者对改进国家机关工作以及保护社会公共利益有贡献的”，予以奖励。奖励既可以是精神上的，也可以是物质上的。

039 投诉类信访事项如何办理？

与反映情况、建议、意见类信访事项的办理要求不同，《信访条例》对投诉请求类信访事项的办理有着严格的程序和责任规定，要求必须经过信访调查、提出办理意见、书面答复信访人等步骤。同时，信访人对办理意见不服的，还可以寻求复查、复核等申请救济。

040 什么是信访调查？

在受理信访事项之后，要推动信访程序的进一步展开，信访办理机关必须依据自己的职权进行信访调查，以便在查清有关事实的基础上做出相应的决定。

所谓信访调查,是指信访事项的办理机关在依法受理信访事项后、办理决定做出之前,为了查明信访事项所涉及的基本事实,依据职权所进行的资料收集、证据调取的活动。

信访调查具有以下特征:

(1)自由裁量权。《信访条例》设置了数种调查方式,办理机关可以在不损害信访人合法权益的前提下,根据信访事项的具体情况选择最合适的方式开展调查活动;

(2)程序的前置性。信访调查必须在办理决定做出之前开展,是做出办理意见的法定前置程序;

(3)一定的强制性。信访调查是信访事项的办理机关依职权开展的活动,信访当事人(包括信访人和被信访人投诉的组织及人员)、与信访事项有关的第三人等被调查对象有配合调查的义务。

《信访条例》规定信访调查,一方面使信访事项的办理成为一个开放的系统和公开、透明的过程,有利于督促信访办理机关负责任地查清事实,维护信访人的合法权益;另一方面,因为明确了对与信访事项有关的第三人的调查权及听证等调查方式,强化了办理信访事项的手段,增强了通过信访工作解决矛盾纠纷的有效性。

041 信访调查有哪些方式?

信访调查的方式有三种:

(1)听取信访人陈述事实和理由。这是一种为信访人提供主张其权利和保护其合法权益的机会的程序规定。

(2)要求信访人、有关组织和人员说明情况。办理机关要求信访当事人说明情况时,既可以要求其口头说明,对其进行询问,也可以要求其书面说明,提供必要的资料,还可以要求信访人、有关组织和人员双方当事人共同到现场说明情况。同时,还要注意确保信访人与被信访人投诉的组织、人员都有陈诉、申辩的机会和权利。

(3)向其他组织和人员调查。为了证实信访人提供情况的真实性、合法性,扩大信息来源,办理机关可以向第三人询问、调取有关资料,以便充分掌握信息,准确认定事实。

同时,《信访条例》还规定,"对重大、复杂、疑难的信访事项,可以举行听证。听证应当公开举行,通过质询、辩论、评议、合议等方式,查明事实,分清责任。"

042 信访调查的步骤是什么?

(1)事前通知。办理机关要求信访人、有关组织或者第三人到场陈述或者供文书、物品等相关资料,或者召开听证会之前,都应当以适当的形式通知当事人,以便能够做好必要的准备。

(2)表明身份。在开展信访调查时,行政机关工作人员应当表明自己享有调查者的合法身份。而且遵照调查的基本规则,一般来说,信访调查人员不得少于2人。

(3)说明理由。信访调查人员应当向被调查对象说明调查的理由、法律依据，同时告知其在调查过程中享有的陈述权、申辩权等各项权利，以获得被调查对象的配合。

(4)实施调查。包括询问当事人、调取资料等。

(5)制作笔录。信访调查进行中，调查人员应当制作相应的调查笔录并交由当事人签字。对于比较复杂的信访事项，办理机关还应当制作调查报告。

043 信访工作人员有哪些职责?

行政机关及其工作人员办理信访事项，应当恪尽职守、秉公办事，查明事实、分清责任，宣传法则、教育疏导，及时妥善处理，不得推诿、敷衍、拖延。

044 信访过程中有回避原则吗?

《信访条例》第 30 条规定，行政机关工作人员与信访事项或者信访人有直接利害关系的，应当回避。

045 信访处理结果如何作出?

信访事项的办理结果必须经过信访调查以后，以书面方式作出。具体说来，对信访事项有权处理的行政机关经调查核实，应当依照有关法律、法规、规章及其他有关规定，分别作出以下处理，并书面答复信访人：

（1）请求事实清楚，符合法律、法规、规章或者其他有关规定的，予以支持；

（2）请求事由合理但缺乏法律依据的，应当对信访人做好解释工作；

（3）请求缺乏事实根据或者不符合法律、法规、规章或者其他有关规定的，不予支持。

046 信访事项的办理有期限限制吗？

信访事项当自受理之日起 60 日内办结；情况复杂的，经本行政机关负责人批准，可以适当延长办理期限，但延长期限不得超过 30 日，并告知信访人延期理由。法律、行政法规另有规定的，从其规定。

这里需要说明的是，如果行政机关在办理时举行了正式听证，正式听证所需时间应当计算在法定办理期限内。首先，办理期限最长可达 90 日，这已经是一个较长的期限，充分考虑了包括听证在内的各种情形；其次，《信访条例》规定了跨越行政层级的直接交办，相对以往层层转交的做法，省略了中间环节，为办理争取了更多的时间；再次，从法理的角度来说，对法律没有明确的内容，应当作出有利于信访人的理解，而不能借听证变相延长办理期限，拖延办理；最后，从立法比较来看，如果听证所需时间不计入办理期限，就应该在《信访条例》中单独明示，如第 35 条第 2 款的规定。

047 办理机关在办理信访事项的过程中，还有什么随行的义务？

一般来说，行政机关作出支持信访请求的办理意见的，重点是履行督促执行义务；明确作出不予支持信访请求意见的，则应当履行说明理由、说服解释以及告知救济等义务。

048 信访程序何时才算是终结？

信访办理意见、复查意见和复核意见都是信访程序的产出。根据程序的安定性原则，信访处理意见一旦作出，非经上级行政机关依法定程序改变或撤销，不能被推翻（包括进入行政诉讼程序的情形）。因此，对于信访程序何时终结问题，我们可以分情况来具体明确：

（1）如果作出处理意见的行政机关是国务院，则该决定为终局裁决，依照现行法律规定，不但信访程序终结，而且也不能被提起行政诉讼或行政复议；

（2）如果办理（复查）意见是应当被申请复议或诉讼的，那么信访人就不能申请信访复查（复核），该意见就是信访终结意见，无论信访人是否申请了复议或诉讼，信访程序均终结；

(3)如果办理(复查)意见是不能被申请复议或诉讼的，而信访人在收到办理(复查)意见、并被告知相应救济途径之日起30日内未向办理(复查)机关的上一级行政机关申请复查(复核)的，那么办理(复查)意见为信访终结意见，信访程序终结；

(4)复核意见是当然的信访终结意见，无论信访人是否应当或已经申请复议或诉讼，信访程序均终结。

当然，信访程序终结后，公民、法人或者其他组织仍可以就同一事实和理由继续向行政机关反映情况，但这种行为已不属于"有效信访"，不具备激活信访程序的效力，也不再受《信访条例》的保护，行政机关可以不予受理。

049 如果信访人对行政机关作出的信访事项处理意见不服，有什么救济途径？

信访人对行政机关作出的处理意见不服的，可以自收到书面答复起30日内请求办理机关的上一级行政机关复查。收到复查请求的行政机关应当自收到复查请求之日起30日提出复查意见，并予以书面答复。

需要注意的是，复查机关是"原办理行政机关的上一级行政机关"。具体说来，如果办理机关是非垂直领导的人民政府工作部门的，复查机关可以是办理机关的上级主管部门,也可以是办理机关的本级人民政府;如果办理机关是实行垂直领导的行政机关和国家安全机关,则复查机关为其上一级主管部门;如果办理机关是地方人民政府,一般来说复查机关只能是上一级人民政府。

050 复查的程序是怎么样的?

复查的程序分为申请、审查和作出复查意见三步。

(1)申请。提出复查申请必须满足以下四个条件:一是必须由不服办理意见的信访人提出;二是有具体的复查请求和事实依据;三是属于信访复查的范围,并且不能通过申请行政复议或提起行政诉讼的方式解决;四是属于该接收申请机关的职权范围。同时,该复查请求必须自收到办理机关的书面答复之日起30日内提出,若超过该时限,则信访程序终结。

(2)审查。分为形式审查和实质审查两个方面。形式审查主要是对复查条件和法定申请期限进行审查,如果不符合,不予复查,如果符合但是申请事由部分不清的,可以要求申请人在合理的期限内补正。实质审查主要是审查关于信访事项的事实认定是否准确,办理意见是否合法(含政策规定)与适当。

(3)作出复查意见。办理意见事实清楚、依据充分、处理恰当的,维护原处理意见;办理意见事实不清楚、证据不充分或者处理意见不当的,依职权直接变更原办理意见或者责令办理机关重新办理。复查意见应当自收到复查申请之日起

30日内作出，并向信访人作出复查的书面答复。

051 如果信访人对复查意见不服，还有什么救济途径？

信访人对复查意见不服的，可以自收到书面答复之日起30日内向复查机关的上一级行政机关请求复核。收到复核请求的行政机关应当自收到复核请求之日起30日内提出复核意见。

复核机关可以按规定举行听证，经过听证的复核意见可以依法向社会公示。听证所需时间不计算在信访事项办理期限内。

052 复查和复核这两种救济方式应该在什么情况下使用？

这其实涉及了信访复查、复核与行政复议、诉讼的关系问题。信访复查、复核实际上是不服信访处理意见的救济制度设计。一般说来，信访复查（复核）与行政复议（诉讼）两种救济渠道应当互相补充且是后者具有绝对的优先性和排他性。也就是说，信访人不服信访处理意见的，符合复议、诉讼条件的，应当依法对决定申请行政复议或提起行政诉讼；只有在该决定既不能被复议，也不能诉讼的情况之下，才可以进入信访复查、复核程序,以此来确保信访权的实现和对实体权利的救济。

053 复查意见和复核意见各有什么效力?

复查意见在规定的期限内若未被提起复核,其效力等同于复核意见,信访人再申请复核,或者以同一事实和理由提出投诉请求的,各级人民政府信访工作机构和其他行政机关不再受理,信访程序终结。此外,如果复查机关是国务院,则该复查意见为终局裁决,不可再提起信访复核、行政复议或行政诉讼。

复核意见是由复查机关的上一级行政机关对该信访事项的办理、复查意见和有关情况进行审查并作出信访终局意见的行为。所以一旦被提出后,信访渠道对该信访事项的处理完全终结。但如果复核意见属于法律规定的复议、诉讼受理范围,仍不影响信访人行使这些救济权。

054 什么是督办?

督办是指各级人民政府信访工作机构为了使信访事项得到依法、及时、妥善的处理,依照法定职责对同级人民政府工作部门和下级行政机关处理信访事项、执行信访决定的情

况予以督促检查的行为。它具有以下三个特征:

(1)督办的主体专指县级以上人民政府信访工作机构;

(2)督办的对象是同级人民政府工作部门和下级行政机关。这里既包括了对信访事项有权作出处理决定的行政机关,也包括了信访决定的执行机关,还包括了下级人民政府信访工作机构;

(3)督办的内容是信访事项的处理(包括执行)情况。具体可以分为两类:对信访事项个案的督办和对信访事项总体处理情况的督办。

督办的方式主要有电话督办、书面督办、实地督办、会议督办、联合督办等。各种方式之间不是相互孤立和排斥的,有时需要同时运用。

055 哪些事项是需要督办的?

县级以上人民政府信访工作机构发现有关行政机关有下列情形之一的,应该及时督办,并提出改进建议:

(1)无正当理由未按规定的办理期限办结信访事项的;

(2)未按规定反馈信访事项办理结果的;

(3)未按规定程序办理信访事项的;

(4)办理信访事项推诿、敷衍、拖延的;

(5)不执行信访处理意见的;

(6)其他需要督办的情形。

第六部分　法律责任

056 什么是信访事项的引发责任？其构成要件是什么？

信访事项的引发责任是特定行政工作人员因某些违法行为严重侵害相对人或信访人的合法权益，且未能通过行政复议、行政诉讼、行政赔偿等常规救济渠道予以纠正而导致信访事项发生，或者拒不执行支持信访请求的行政意见导致信访事项再次发生而应承担的法律责任。

其构成要件是：

(1)存在特定违法情形。《信访条例》采用完全列举的方式，归纳了构成信访事项引发责任的四种情形，只要存在其中一种情形，就具备了责任构成要件；

(2)导致信访事项发生并造成严重后果。违法信访行政行为的后果，决定着法律责任的种类和形式。

应当注意的是，导致信访事项发生只是追究责任人有关法律责任的条件，并不是说，导致追究有关责任人的法律责任必须引起信访事项的发生。没有信访事项的发生，但严重侵犯了公民、法人或其他组织的正当权益，仍然应当追究责任人的法律责任；不过这种法律责任追究不是通过信访途径，而是通过行政监察或刑事追诉等法定渠道直接予以追究，其援引适用的法律依据不是《信访条例》，而是《行政监察法》和《刑法》等。

057 哪些行为可能构成信访事项的引发责任？

（1）超越或者滥用职权，侵害信访人合法权益的；

（2）行政机关应当作为而不作为，侵害信访人合法权益的；

（3）适用法律、法规错误或者违反法定程序，侵害信访人合法权益的；

（4）拒不执行有权处理的行政机关作出的支持信访请求意见的。

058 哪些行为应该承担信访事项的受理责任？应该承担什么样的责任？

信访事项的受理责任是指在信访事项受理过程中，县级以上各级人民政府信访工作机构和受理信访事项的行政机关违反《信访条例》规定，不履行或者不适当履行职责而应当承担的行政责任。这主要是针对《信访条例》第21条和第22

条规定职责而设定的行政责任。

信访工作机构的受理责任主要是对收到的信访事项应当登记、转送、交办而未按规定登记、转送、交办,而有关行政机关的受理责任主要是对收到信访事项不按规定登记的;对属于其法定职责范围内的信访事项不予受理的;以及未在规定期限内书面告知信访人是否受理信访事项的。

对于信访工作机构和有关行政机关的受理责任,由其各自的上级行政机关予以追究,其责任形式主要是责令改正不当的行政行为。在行政组织承担行政责任之后,再对直接负责的主管人员和其他直接责任人员给予相应的行政处分责任形式有警告、记过、记大过、降级、撤职、开除六种以及内部通报批评。

059 哪些行为应该承担信访事项的办理责任?应该承担什么样的责任?

信访事项的办理责任主要是针对有权处理信访事项的行政机关及其相关工作人员的违反《信访条例》第43条和第44条第2款规定的违法行政行为应承担的责任。主要是在办理信访事项过程中,推诿、敷衍、拖延信访事项办理或者未在法定期限内办结信访事项的;对事实清楚,符合法律、法规、规章或者其他有关规定的投诉请求未予支持的。或者行政机关工作人员作风粗暴,激化矛盾并造成严重后果的。

对于信访事项的受理责任,由其上级行政机关责令改正;造成严重后果的,对直接负责的主管人员和其他直接责任人员依法给予行政处分或通报批评。

060 什么是督办责任?

该责任主要是针对信访工作机构的,是指县级以上各级人民政府信访工作不履行《信访条例》规定的对本级和下级人民政府有关行政机关督促检查信访事项的处理职责而应承担的行政责任。

对具有下列情形而不督办或不适当督办的,应当承担督办责任:

(1)无正当理由未按规定的办理期限办结信访事项的;

(2)未按规定反馈信访事项的办理结果的;

(3)未按规定程序办理信访事项的;

(4)办理信访事项推诿、敷衍、拖延的;

(5)不执行信访处理意见的;

(6)其他需要督办的情形。

信访工作机构的督办责任后果是本级人民政府或上级人民政府责令改正。对履行督办职责错误的直接负责的主管人员和其他责任人员应当给予相应的行政处分。

061 行政机关工作人员隐瞒、谎报和缓报于重大紧急信访事项的,应承担什么责任?

这里首先要明确什么是重大紧急信访事项。所谓“重大”,是指可能在当地或全国造成社会影响或损害国家、人民的利益,或者严重损害信访人的基本权利。所谓“紧急”,是指即发性事件或者需要立即处置、不立即处置会造成严重后果的事件或信息。

对于隐瞒不报、迟报和虚报属于直接行为,指使或怂恿行为人作出上述行为的,属于间接行为。对于这些行为,应当给予直接负责的主管人员或其他直接责任人员行政处分。对于构成犯罪的,应当移送司法机关 ,追究其刑事责任。

062 行政机关工作人员透露检举材料如何处分?

行政机关工作人员违反《信访条例》规定,将信访人的检举、揭发材料或者有关情况透露、转给被检举、揭发的人员或者单位的,依法给予行政处分。

063 打击报复、迫害信访人如何处分?

打击报复、迫害信访人的责任是指行政机关工作人员滥用职权、假公济私,对信访人实行侵害其人身、财产、民主和政治权利的行为而应当承担的法律责任。根据打击报复、迫害信访人情节轻重,可能构成三种不同形式的责任形式:刑事责任、行政处分和纪律处分。

刑事责任是最严重的责任形式。其前提是打击报复行为已构成《刑法》规定的报复陷害罪。如果所采取的报复陷害行为与行为的职权没有关系,则不构成本罪。二是报复陷害的对象必须是控告人、申诉人、批评人与举报人。但是犯罪行为人并不限于控告、申诉、批评或检举的对象。三是犯罪主体必须是国家机关工作人员。根据《中华人民共和国刑法》第254条规定,犯报复陷害罪的,处2年以下有期徒刑或拘役;情节严重的,处2年以上7年以下有期徒刑。

对于尚未达到刑事犯罪立案标准,但已经侵害信访人基本权利的,应当追究打击报复、迫害信访人的行为人的行政责任,即由行政监察机关或行政任免机关依照法定程序给予其行政处分。对于尚未侵害信访人基本权利,但对信访人的日常生活和党内政治生活以及工作造成不利影响的,应当由本单位或党的纪检组织给予其纪律处分。

064 信访人违反有关规定有什么责任?

信访人的责任是指信访人违反《信访条例》规定,扰乱信访工作秩序,诬告陷害他人而应负的法律责任。《信访条例》规定的信访人的法律责任,只是《刑法》《治安管理处罚法》《游行示威法》等已有责任形式在信访活动的具体表现,没有扩大信访人的法律责任范围,这体现了保护信访人民主监督权利和维护信访人合法权益的思想。

具体说来,对于信访人的违法责任,即违反《信访条例》第 18 条、第 20 条规定的,有关国家机关工作人员应当对信访人进行劝阻、批评或者教育。经劝阻、批评和教育无效的,由公安机关予以警告、训诫或者制止;违反集会游行示威的法律、行政法规,或者构成违反治安管理行为的,由公安机关依法采取必要的现场处置措施、给予治安管理处罚;构成犯罪的,依法追究刑事责任。

而对于诬告陷害责任,即信访人捏造歪曲事实、诬告陷害他人的,如果不是意图引起司法机关刑事追究的,而且企图使有关机关追究被害人行政责任或给予纪律处分的;或者虽然信访人故意捏造犯罪事实,向国家机关或有关单位告发,意图使他人受到刑事责任追究,但不足以使司法机关引起刑事追究程序,公安机关应当按照治安管理处罚决定,对违法信访人给予行政处罚,而不应追究刑事责任。

如果是意图引起司法机关刑事追究,情节严重的,则构成诬告陷害罪。根据《刑法》第 243 条规定,犯诬告陷害罪

的，处3年以下有期徒刑、拘役或者管制；造成严重后果的，处3年以上10年以下有期徒刑；国家机关工作人员犯本罪的，从重处罚。

065 社会团体、企事业单位的信访工作如何管理？

社会团体、企事业单位的信访工作参照《信访条例》执行。

066 对外国人、无国籍人、外国组织信访事项如何处理？

对外国人、无国籍人、外国组织信访事项的处理，参照《信访条例》执行。

第七部分　其他处理矛盾的途径

067

除了信访之外还有哪些处理社会矛盾的方式?

信访只是处理社会矛盾的方式之一,其他处理社会矛盾的方式还有复议、诉讼、仲裁等。

(1)行政复议。公民、法人或者其他组织认为具体行政行为侵犯其合法权益,可以向行政机关提出行政复议申请。

(2)行政诉讼。公民、法人或者其他组织认为行政机关和行政机关工作人员的具体行政行为侵犯其合法权益,有权依照《行政诉讼法》向人民法院提起诉讼。

(3)民事诉讼。公民之间、法人之间、其他组织之间以及他们相互之间因财产关系和人身关系发生纠纷,可以向人民法院提起民事诉讼。

(4)民商事仲裁。平等主体的公民、法人和其他组织之间发生的合同纠纷和其他财产权益纠纷,可以仲裁。

(5)劳动争议仲裁,人事争议仲裁,等等。

068 哪些事项可以通过行政复议途径解决?

有下列情形之一的,公民、法人或者其他组织可以依照《行政复议法》申请行政复议:

(1)对行政机关作出的警告、罚款、没收违法所得、没收非法财物、责令停产停业、暂扣或者吊销许可证、暂扣或者吊销执照、行政拘留等行政处罚决定不服的;

(2)对行政机关作出的限制人身自由或者查封、扣押、冻结财产等行政强制措施决定不服的;

(3)对行政机关作出的有关许可证、执照、资质证、资格证等证书变更、中止、撤销的决定不服的;

(4)对行政机关作出的关于确认土地、矿藏、水流、森林、山岭、草原、荒地、滩涂、海域等自然资源的所有权或者使用权的决定不服的;

(5)认为行政机关侵犯合法的经营自主权的;

(6)认为行政机关变更或者废止农业承包合同,侵犯其合法权益的;

(7)认为行政机关违法集资、征收财物、摊派费用或者违法要求履行其他义务的;

(8)认为符合法定条件,申请行政机关颁发许可证、执照、资质证、资格证等证书,或者申请行政机关审批、登记有关事项,行政机关没有依法办理的;

(9)申请行政机关履行保护人身权利、财产权利、受教育权利的法定职责,行政机关没有依法履行的;

（10）申请行政机关依法发放抚恤金、社会保险金或者最低生活保障费，行政机关没有依法发放的；

（11）认为行政机关的其他具体行政行为侵犯其合法权益的。

069 行政复议向哪个机关提出？

（1）对国务院部门或者省、自治区、直辖市人民政府的具体行政行为不服的，向作出该具体行政行为的国务院部门或者省、自治区、直辖市人民政府申请行政复议。对行政复议决定不服的，可以向人民法院提起行政诉讼；也可以向国务院申请裁决，国务院依照本法的规定作出最终裁决。

（2）对地方各级人民政府的具体行政行为不服的，向上一级地方人民政府申请行政复议。

（3）对县级以上地方各级人民政府工作部门的具体行政行为不服的，由申请人选择，可以向该部门的本级人民政府申请行政复议，也可以向上一级主管部门申请行政复议。

（4）对省、自治区人民政府依法设立的派出机关所属的县级地方人民政府的具体行政行为不服的，向该派出机关申请行政复议。

（5）对海关、金融、国税、外汇管理等实行垂直领导的行政机关和国家安全机关的具体行政行为不服的，向上一级主管部门申请行政复议。

（6）对前述以外的其他行政机关、组织的具体行政行为不服的，按照下列规定申请行政复议：

①对县级以上地方人民政府依法设立的派出机关的具体行政行为不服的，向设立该派出机关的人民政府申请行政复议；

②对政府工作部门依法设立的派出机构依照法律、法规或者规章规定，以自己的名义作出的具体行政行为不服的，向设立该派出机构的部门或者该部门的本级地方人民政府申请行政复议；

③对法律、法规授权的组织的具体行政行为不服的，分别向直接管理该组织的地方人民政府、地方人民政府工作部门或者国务院部门申请行政复议；

④对两个或者两个以上行政机关以共同的名义作出的具体行政行为不服的，向其共同上一级行政机关申请行政复议；

⑤对被撤销的行政机关在撤销前所作出的具体行政行为不服的，向继续行使其职权的行政机关的上一级行政机关申请行政复议。

有上述五种情形之一的，申请人也可以向具体行政行为发生地的县级地方人民政府提出行政复议申请，由接受申请的县级地方人民政府转送有关行政复议机关，并告知申请人。

070 行政复议如何提出？

（1）提出时间：

公民、法人或者其他组织认为具体行政行为侵犯其合法权益的，可以自知道该具体行政行为之日起60日内提出行政复议申请；但是法律规定的申请期限超过60日的除外。

因不可抗力或者其他正当理由耽误法定申请期限的，申请期限自障碍消除之日起继续计算。

（2）当事人的确定：

①申请人：依法申请行政复议的公民、法人或者其他组织是申请人。有权申请行政复议的公民死亡的，其近亲属可以申请行政复议。有权申请行政复议的公民为无民事行为能力人或者限制民事行为能力人的，其法定代理人可以代为申请行政复议。有权申请行政复议的法人或者其他组织终止的，承受其权利的法人或者其他组织可以申请行政复议。

②被申请人：公民、法人或者其他组织对行政机关的具体行政行为不服申请行政复议的，作出具体行政行为的行政机关是被申请人。

③第三人：同申请行政复议的具体行政行为有利害关系的其他公民、法人或者其他组织，可以作为第三人参加行政复议。

申请人、第三人可以委托代理人代为参加行政复议。

（3）提出方式：

申请人申请行政复议，可以书面申请，也可以口头申请；口头申请的，行政复议机关应当当场记录申请人的基本情况、行政复议请求、申请行政复议的主要事实、理由和时间。

（4）复议受理：

行政复议机关收到行政复议申请后，应当在5日内进行审查,对不符合《行政复议法》规定的行政复议申请,决定不予受理,并书面告知申请人;对符合《行政复议法》规定,但是不属于本机关受理的行政复议申请,应当告知申请人向有关行政复议机关提出。

除前述规定外,行政复议申请自行政复议机关负责法制工作的机构收到之日起即为受理。

071 行政复议是否收费?

行政复议机关受理行政复议申请,不得向申请人收取任何费用。行政复议活动所需经费,应当列入本机关的行政经费,由本级财政予以保障。

072 行政复议期间,具体行政行为是否停止执行?

行政复议期间具体行政行为不停止执行;但是,有下列情形之一的,可以停止执行:

(1)被申请人认为需要停止执行的;

(2)行政复议机关认为需要停止执行的;

(3)申请人申请停止执行,行政复议机关认为其要求合理,决定停止执行的;

(4)法律规定停止执行的。

073 行政复议决定有哪几种?

行政复议机关负责法制工作的机构应当对被申请人作出的具体行政行为进行审查,提出意见,经行政复议机关的负责人同意或者集体讨论通过后,按照下列规定作出行政复议决定:

(1)具体行政行为认定事实清楚,证据确凿,适用依据正确,程序合法,内容适当的,决定维持;

(2)被申请人不履行法定职责的,决定其在一定期限内履行;

(3)具体行政行为有下列情形之一的,决定撤销、变更或者确认该具体行政行为违法;决定撤销或者确认该具体行政行为违法的,可以责令被申请人在一定期限内重新作出具体行政行为:

①主要事实不清、证据不足的;

②适用依据错误的;

③违反法定程序的;

④超越或者滥用职权的;

⑤具体行政行为明显不当的。

(4)被申请人不按照规定提出书面答复、提交当初作出具体行政行为的证据、依据和其他有关材料的,视为该具体行政行为没有证据、依据,决定撤销该具体行政行为。

另外,行政复议机关责令被申请人重新作出具体行政行为的,被申请人不得以同一的事实和理由作出与原具体行政行为相同或者基本相同的具体行政行为。

074 申请行政复议时可否要求行政赔偿?

申请人在申请行政复议时可以一并提出行政赔偿请求，行政复议机关对符合《国家赔偿法》的有关规定应当给予赔偿的,在决定撤销、变更具体行政行为或者确认具体行政行为违法时,应当同时决定被申请人依法给予赔偿。

申请人在申请行政复议时没有提出行政赔偿请求的,行政复议机关在依法决定撤销或者变更罚款,撤销违法集资、没收财物、征收财物、摊派费用以及对财产的查封、扣押、冻结等具体行政行为时,应当同时责令被申请人返还财产,解除对财产的查封、扣押、冻结措施,或者赔偿相应的价款。

075 行政复议决定有什么法律效力？当事人不履行行政复议决定的如何处理?

行政复议机关作出行政复议决定,应当制作行政复议决定书,并加盖印章。行政复议决定书一经送达,即发生法律效力。

被申请人不履行或者无正当理由拖延履行行政复议决定的,行政复议机关或者有关上级行政机关应当责令其限期履行。

申请人逾期不起诉又不履行行政复议决定的,或者不履行最终裁决的行政复议决定的,按照下列规定分别处理:

(1)维持具体行政行为的行政复议决定,由作出具体行政行为的行政机关依法强制执行,或者申请人民法院强制执行;

(2)变更具体行政行为的行政复议决定,由行政复议机关依法强制执行,或者申请人民法院强制执行。

076 不服行政复议决定的,可否提起行政诉讼?

公民、法人或者其他组织认为行政机关的具体行政行为侵犯其已经依法取得的土地、矿藏、水流、森林、山岭、草原、荒地、滩涂、海域等自然资源的所有权或者使用权的,应当先申请行政复议;对行政复议决定不服的,可以依法向人民法院提起行政诉讼。

但是,根据国务院或者省、自治区、直辖市人民政府对行政区划的勘定、调整或者征用土地的决定,省、自治区、直辖市人民政府确认土地、矿藏、水流、森林、山岭、草原、荒地、滩涂、海域等自然资源的所有权或者使用权的行政复议决定为最终裁决,不得提起行政诉讼。

077 可否同时申请行政复议和提起行政诉讼?

公民、法人或者其他组织申请行政复议,行政复议机关已经依法受理的,或者法律、法规规定应当先向行政复议机关申请行政复议、对行政复议决定不服再向人民法院提起行政诉讼的,在法定行政复议期限内不得向人民法院提起行政诉讼。

公民、法人或者其他组织向人民法院提起行政诉讼,人民法院已经依法受理的,不得申请行政复议。

078 哪些案件可以提起行政诉讼?

人民法院受理公民、法人和其他组织对下列具体行政行为不服提起的诉讼:

(1)对拘留、罚款、吊销许可证和执照、责令停产停业、没收财物等行政处罚不服的;

(2)对限制人身自由或者对财产的查封、扣押、冻结等行政强制措施不服的;

(3)认为行政机关侵犯法律规定的经营自主权的;

(4)认为符合法定条件申请行政机关颁发许可证和执照,行政机关拒绝颁发或者不予答复的;

(5)申请行政机关履行保护人身权、财产权的法定职责,行政机关拒绝履行或者不予答复的；

(6)认为行政机关没有依法发给抚恤金的；

(7)认为行政机关违法要求履行义务的；

(8)认为行政机关侵犯其他人身权、财产权的。

除前款规定外，人民法院受理法律、法规规定可以提起诉讼的其他行政案件。

079 行政诉讼中的原告和被告如何确定?

依照《行政诉讼法》提起诉讼的公民、法人或者其他组织是原告。有权提起诉讼的公民死亡，其近亲属可以提起诉讼。有权提起诉讼的法人或者其他组织终止，承受其权利的法人或者其他组织可以提起诉讼。

公民、法人或者其他组织直接向人民法院提起诉讼的，作出具体行政行为的行政机关是被告。经复议的案件，复议机关决定维持原具体行政行为的，作出原具体行政行为的行政机关是被告；复议机关改变原具体行政行为的，复议机关是被告。两个以上行政机关作出同一具体行政行为的，共同作出具体行政行为的行政机关是共同被告。由法律、法规授权的组织所作的具体行政行为，该组织是被告。由行政机关委托的组织所作的具体行政行为，委托的行政机关是被告。行政机关被撤销的，继续行使其职权的行政机关是被告。

080 提起行政诉讼在时间上有哪些限制?

(1)对属于人民法院受案范围的行政案件,公民、法人或者其他组织可以先向上一级行政机关或者法律、法规规定的行政机关申请复议,对复议不服的,再向人民法院提起诉讼;也可以直接向人民法院提起诉讼。法律、法规规定应当先向行政机关申请复议,对复议不服再向人民法院提起诉讼的,依照法律、法规的规定。

(2)公民、法人或者其他组织向行政机关申请复议的,复议机关应当在收到申请书之日起2个月内作出决定。法律、法规另有规定的除外。申请人不服复议决定的,可以在收到复议决定书之日起15日内向人民法院提起诉讼。复议机关逾期不作决定的,申请人可以在复议期满之日起15日内向人民法院提起诉讼。法律另有规定的除外。

(3)公民、法人或者其他组织直接向人民法院提起诉讼的,应当在知道作出具体行政行为之日起3个月内提出。法律另有规定的除外。

(4)公民、法人或者其他组织因不可抗力或者其他特殊情况耽误法定期限的,在障碍消除后的10日内,可以申请延长期限,由人民法院决定。

081 提起行政诉讼应当符合哪些实质性条件？

提起诉讼应当符合下列条件：

(1)原告是认为具体行政行为侵犯其合法权益的公民、法人或者其他组织；

(2)有明确的被告；

(5)有具体的诉讼请求和事实根据；

(4)属于人民法院受案范围和受诉人民法院管辖。

人民法院接到起诉状，经审查，应当在 7 日内立案或者作出裁定不予受理。原告对裁定不服的，可以提起上诉。

082 诉讼期间是否停止具体行政行为的执行？

诉讼期间，不停止具体行政行为的执行。但有下列情形之一的，停止具体行政行为的执行：

(1)被告认为需要停止执行的；

(2)原告申请停止执行，人民法院认为该具体行政行为的执行会造成难以弥补的损失，并且停止执行不损害社会公共利益，裁定停止执行的；

(3)法律、法规规定停止执行的。

083 当事人可否申请审判人员回避?

当事人认为审判人员与本案有利害关系或者有其他关系可能影响公正审判,有权申请审判人员回避。审判人员认为自己与本案有利害关系或者有其他关系,应当申请回避。

前述规定,适用于书记员、翻译人员、鉴定人、勘验人。

院长担任审判长时的回避,由审判委员会决定;审判人员的回避,由院长决定;其他人员的回避,由审判长决定。当事人对决定不服的,可以申请复议。

084 行政诉讼的审理结果有哪几种?

人民法院经过审理,根据不同情况,分别作出以下判决:

(1)具体行政行为证据确凿,适用法律、法规正确,符合法定程序的,判决维持。

(2)具体行政行为有下列情形之一的,判决撤销或者部分撤销,并可以判决被告重新作出具体行政行为:

①主要证据不足的;

②适用法律、法规错误的;

③违反法定程序的;

④超越职权的;

⑤滥用职权的。

(3)被告不履行或者拖延履行法定职责的,判决其在一定期限内履行。

(4)行政处罚显失公正的,可以判决变更。

人民法院判决被告重新作出具体行政行为的,被告不得以同一的事实和理由作出与原具体行政行为基本相同的具体行政行为。

085 当事人不服人民法院第一审判决的,可否上诉?

当事人不服人民法院第一审判决的,有权在判决书送达之日起15日内向上一级人民法院提起上诉。逾期不提起上诉的,人民法院的第一审判决或者裁定发生法律效力。

086 当事人对已经发生法律效力的判决认为确有错误的,如何救济?

当事人对已经发生法律效力的判决、裁定,认为确有错误的,可以向原审人民法院或者上一级人民法院提出申诉,但判决、裁定不停止执行。

087

行政诉讼判决有什么法律效力？当事人不履行的如何处理？

当事人必须履行人民法院发生法律效力的判决、裁定。

公民、法人或者其他组织拒绝履行判决、裁定的，行政机关可以向第一审人民法院申请强制执行，或者依法强制执行。

行政机关拒绝履行判决、裁定的，第一审人民法院可以采取以下措施：

(1)对应当归还的罚款或者应当给付的赔偿金，通知银行从该行政机关的账户内划拨；

(2)在规定期限内不执行的，从期满之日起，对该行政机关按日处50元至100元的罚款；

(3)向该行政机关的上一级行政机关或者监察、人事机关提出司法建议。接受司法建议的机关，根据有关规定进行处理，并将处理情况告知人民法院；

(4)拒不执行判决、裁定，情节严重构成犯罪的，依法追究主管人员和直接责任人员的刑事责任。

088

行政诉讼是否收费？

人民法院审理行政案件，应当收取诉讼费用。诉讼费用由败诉方承担，双方都有责任的由双方分担。

089 什么是国家赔偿?

国家机关和国家机关工作人员违法行使职权侵犯公民、法人和其他组织的合法权益造成损害的,受害人有依法取得国家赔偿的权利。国家赔偿分为行政赔偿和司法赔偿,司法赔偿又分为刑事赔偿和民事、行政诉讼中的司法赔偿。

090 哪些情况下可以申请行政赔偿?

(1)行政机关及其工作人员在行使行政职权时有下列侵犯人身权情形之一的,受害人有取得赔偿的权利:

①违法拘留或者违法采取限制公民人身自由的行政强制措施的;

②非法拘禁或者以其他方法非法剥夺公民人身自由的;

③以殴打等暴力行为或者唆使他人以殴打等暴力行为造成公民身体伤害或者死亡的;

④违法使用武器、警械造成公民身体伤害或者死亡的;

⑤造成公民身体伤害或者死亡的其他违法行为。

(2)行政机关及其工作人员在行使行政职权时有下列侵犯财产权情形之一的,受害人有取得赔偿的权利:

①违法实施罚款、吊销许可证和执照、责令停产停业、没收财物等行政处罚的;

②违法对财产采取查封、扣押、冻结等行政强制措施的；

③违反国家规定征收财物、摊派费用的；

④造成财产损害的其他违法行为。

(3)属于下列情形之一的，国家不承担赔偿责任：

①行政机关工作人员与行使职权无关的个人行为；

②因公民、法人和其他组织自己的行为致使损害发生的；

③法律规定的其他情形。

091 行政赔偿的赔偿义务机关如何确定？

(1)行政机关及其工作人员行使行政职权侵犯公民、法人和其他组织的合法权益造成损害的，该行政机关为赔偿义务机关。

(2)两个以上行政机关共同行使行政职权时侵犯公民、法人和其他组织的合法权益造成损害的，共同行使行政职权的行政机关为共同赔偿义务机关。

(3)法律、法规授权的组织在行使授予的行政权力时侵犯公民、法人和其他组织的合法权益造成损害的，被授权的组织为赔偿义务机关。

(4)受行政机关委托的组织或者个人在行使受委托的行政权力时侵犯公民、法人和其他组织的合法权益造成损害的，委托的行政机关为赔偿义务机关。

(5)赔偿义务机关被撤销的，继续行使其职权的行政机关为赔偿义务机关；没有继续行使其职权的行政机关的，撤销该赔偿义务机关的行政机关为赔偿义务机关。

(6)经复议机关复议的,最初造成侵权行为的行政机关为赔偿义务机关,但复议机关的复议决定加重损害的,复议机关对加重的部分履行赔偿义务。

092 行政赔偿如何提出?

(1)赔偿请求人要求赔偿应当先向赔偿义务机关提出,也可以在申请行政复议和提起行政诉讼时一并提出。赔偿请求人可以向共同赔偿义务机关中的任何一个赔偿义务机关要求赔偿,该赔偿义务机关应当先予赔偿。

(2)赔偿请求人根据受到的不同损害,可以同时提出数项赔偿要求。

(3)要求赔偿应当递交申请书,申请书应当载明下列事项:

①受害人的姓名、性别、年龄、工作单位和住所,法人或者其他组织的名称、住所和法定代表人或者主要负责人的姓名、职务;

②具体的要求、事实根据和理由;

③申请的年、月、日。

赔偿请求人书写申请书确有困难的,可以委托他人代书;也可以口头申请,由赔偿义务机关记入笔录。

(4)赔偿义务机关应当自收到申请之日起2个月内依照本法第四章的规定给予赔偿;逾期不予赔偿或者赔偿请求人

对赔偿数额有异议的,赔偿请求人可以自期间届满之日起3个月内向人民法院提起诉讼。

093 哪些情况下可以申请刑事赔偿?

(1)行使侦查、检察、审判、监狱管理职权的机关及其工作人员在行使职权时有下列侵犯人身权情形之一的,受害人有取得赔偿的权利:

①对没有犯罪事实或者没有事实证明有犯罪重大嫌疑的人错误拘留的;

②对没有犯罪事实的人错误逮捕的;

③依照审判监督程序再审改判无罪,原判刑罚已经执行的;

④刑讯逼供或者以殴打等暴力行为或者唆使他人以殴打等暴力行为造成公民身体伤害或者死亡的;

⑤违法使用武器、警械造成公民身体伤害或者死亡的。

(2)行使侦查、检察、审判、监狱管理职权的机关及其工作人员在行使职权时有下列侵犯财产权情形之一的,受害人有取得赔偿的权利:

①违法对财产采取查封、扣押、冻结、追缴等措施的;

②依照审判监督程序再审改判无罪,原判罚金、没收财产已经执行的。

(3)属于下列情形之一的,国家不承担赔偿责任:

①因公民自己故意作虚伪供述,或者伪造其他有罪证据

被羁押或者被判处刑罚的；

②依照《刑法》第14条、第15条[①]规定不负刑事责任的人被羁押的；

③依照《刑事诉讼法》第11条[②]规定不追究刑事责任的人被羁押的；

---

① 因《国家赔偿法》公布于1994年，此处的“刑法”，系指1979年刑法，第14条、第15条分别对应现行刑法（1997年刑法）的第17条、第18条。

《中华人民共和国刑法》（1997年）第17条：

已满十六周岁的人犯罪，应当负刑事责任。

已满十四周岁不满十六周岁的人，犯故意杀人、故意伤害致人重伤或者死亡、强奸、抢劫、贩卖毒品、放火、爆炸、投毒罪的，应当负刑事责任。

已满十四周岁不满十八周岁的人犯罪，应当从轻或者减轻处罚。

因不满十六周岁不予刑事处罚的，责令他的家长或者监护人加以管教；在必要的时候，也可以由政府收容教养。

《中华人民共和国刑法》（1997年）第18条：

精神病人在不能辨认或者不能控制自己行为的时候造成危害结果，经法定程序鉴定确认的，不负刑事责任，但是应当责令他的家属或者监护人严加看管和医疗；在必要的时候，由政府强制医疗。

间歇性的精神病人在精神正常的时候犯罪，应当负刑事责任。

尚未完全丧失辨认或者控制自己行为能力的精神病人犯罪的，应当负刑事责任，但是可以从轻或者减轻处罚。

醉酒的人犯罪，应当负刑事责任。

② 因《国家赔偿法》公布于1994年，此处的“刑事诉讼法”，系指1979年刑事诉讼法，第11条对应的是现行刑事诉讼法的第15条。

《中华人民共和国刑事诉讼法》（1996年）第15条：

有下列情形之一的，不追究刑事责任，已经追究的，应当撤销案件，或者不起诉，或者终止审理，或者宣告无罪：

（一）情节显著轻微、危害不大，不认为是犯罪的；

（二）犯罪已过追诉时效期限的；

（三）经特赦令免除刑罚的；

（四）依照刑法告诉才处理的犯罪，没有告诉或者撤回告诉的；

（五）犯罪嫌疑人、被告人死亡的；

（六）其他法律规定免予追究刑事责任的。

④行使国家侦查、检察、审判、监狱管理职权的机关的工作人员与行使职权无关的个人行为；

⑤因公民自伤、自残等故意行为致使损害发生的；

⑥法律规定的其他情形。

094 刑事赔偿的赔偿义务机关如何确定？

(1)行使国家侦查、检察、审判、监狱管理职权的机关及其工作人员在行使职权时侵犯公民、法人和其他组织的合法权益造成损害的，该机关为赔偿义务机关。

(2)对没有犯罪事实或者没有事实证明有犯罪重大嫌疑的人错误拘留的，作出拘留决定的机关为赔偿义务机关。

(3)对没有犯罪事实的人错误逮捕的，作出逮捕决定的机关为赔偿义务机关。

(4)再审改判无罪的，作出原生效判决的人民法院为赔偿义务机关。二审改判无罪的，作出一审判决的人民法院和作出逮捕决定的机关为共同赔偿义务机关。

095 刑事赔偿如何提出？

(1)赔偿请求人要求赔偿，应当先向赔偿义务机关提出。赔偿程序适用行政赔偿的规定。

(2)赔偿义务机关应当自收到申请之日起2个月内依法给予赔偿;逾期不予赔偿或者赔偿请求人对赔偿数额有异议的,赔偿请求人可以自期间届满之日起30日内向其上一级机关申请复议。赔偿义务机关是人民法院的,赔偿请求人可以向其上一级人民法院赔偿委员会申请作出赔偿决定。

(3)复议机关应当自收到申请之日起两个月内作出决定。赔偿请求人不服复议决定的,可以在收到复议决定之日起30日内向复议机关所在地的同级人民法院赔偿委员会申请作出赔偿决定;复议机关逾期不作决定的,赔偿请求人可以自期间届满之日起30日内向复议机关所在地的同级人民法院赔偿委员会申请作出赔偿决定。

096 民事诉讼、行政诉讼过程中哪些情形可以要求司法赔偿?其适用哪种程序?

人民法院在民事诉讼、行政诉讼过程中,违法采取对妨害诉讼的强制措施、保全措施或者对判决、裁定及其他生效法律文书执行错误,造成损害的,赔偿请求人要求赔偿的程序,适用《国家赔偿法》刑事赔偿程序的规定。

人民法院赔偿委员会在审理侦查、检察、监狱管理机关及其工作人员违法行使职权侵犯公民财产权造成损害的赔偿案件时,也可参照民事、行政诉讼司法赔偿的有关规定办理。

097

申请民事、行政诉讼中司法赔偿的，有哪些程序规定？

申请民事、行政诉讼中司法赔偿的，违法行使职权的行为应当先经依法确认。请求人申请确认的，应当先向侵权的人民法院提出。人民法院应自受理确认申请之日起两个月内依照相应程序作出裁定或相关的决定。申请人对确认裁定或者决定不服或者侵权的人民法院逾期不予确认的，申请人可以向其上一级人民法院申诉。未经依法确认直接向人民法院赔偿委员会申请作出赔偿决定的，人民法院赔偿委员会不予受理。

经依法确认有法定赔偿情形的，赔偿请求人可依法向侵权的人民法院提出赔偿申请，人民法院应当受理。人民法院逾期不作决定的，赔偿请求人可以向其上一级人民法院赔偿委员会申请作出赔偿决定。

098

赔偿委员会如何设立和作出赔偿决定？赔偿决定效力如何？

中级以上的人民法院设立赔偿委员会，由人民法院 3 名至 7 名审判员组成。

赔偿委员会作赔偿决定，实行少数服从多数的原则。

赔偿委员会作出的赔偿决定，是发生法律效力的决定，必须执行。

099 国家赔偿有哪些方式？赔偿金如何计算？

国家赔偿以支付赔偿金为主要方式。能够返还财产或者恢复原状的，予以返还财产或者恢复原状。如果赔偿义务机关同时造成受害人名誉权、荣誉权损害的，还应当在侵权行为影响的范围内，为受害人消除影响，恢复名誉，赔礼道歉。

赔偿金按照下列方式计算：

(1)侵犯公民人身自由的，每日的赔偿金按照国家上年度职工日平均工资计算。

(2)侵犯公民生命健康权的，赔偿金按照下列规定计算：

①造成身体伤害的，应当支付医疗费，以及赔偿因误工减少的收入。减少的收入每日的赔偿金按照国家上年度职工日平均工资计算，最高额为国家上年度职工年平均工资的5倍；

②造成部分或者全部丧失劳动能力的，应当支付医疗费，以及残疾赔偿金，残疾赔偿金根据丧失劳动能力的程度确定，部分丧失劳动能力的最高额为国家上年度职工年平均工资的10倍，全部丧失劳动能力的为国家上年度职工年平均工资的20倍。造成全部丧失劳动能力的，对其扶养的无劳动能力的人，还应当支付生活费；

③造成死亡的,应当支付死亡赔偿金、丧葬费,总额为国家上年度职工年平均工资的 20 倍。对死者生前扶养的无劳动能力的人,还应当支付生活费。

上述第②、③项规定的生活费的发放标准参照当地民政部门有关生活救济的规定办理。被扶养的人是未成年人的,生活费给付至 18 周岁止;其他无劳动能力的人,生活费给付至死亡时止。

(3)侵犯公民、法人和其他组织的财产权造成损害的,按照下列规定处理:

①处罚款、罚金、追缴、没收财产或者违反国家规定征收财物、摊派费用的,返还财产;

②查封、扣押、冻结财产的,解除对财产的查封、扣押、冻结,造成财产损坏或者灭失的,依照下述第③、④项的规定赔偿;

③应当返还的财产损坏的,能够恢复原状的恢复原状,不能恢复原状的,按照损害程度给付相应的赔偿金;

④应当返还的财产灭失的,给付相应的赔偿金;

⑤财产已经拍卖的,给付拍卖所得的价款;

⑥吊销许可证和执照、责令停产停业的,赔偿停产停业期间必要的经常性费用开支;

⑦对财产权造成其他损害的,按照直接损失给予赔偿。

100 在拆迁中,达不成拆迁补偿安置协议的,如何处理?

拆迁人与被拆迁人或者拆迁人、被拆迁人与房屋承租人达不成拆迁补偿安置协议的,经当事人申请,由房屋拆迁管理部门裁决。房屋拆迁管理部门是被拆迁人的,由同级人民政府裁决。裁决应当自收到申请之日起30日内作出。

当事人对裁决不服的,可以自裁决书送达之日起3个月内向人民法院起诉。拆迁人依照《城市房屋拆迁管理条例》的规定已对被拆迁人给予货币补偿或者提供拆迁安置用房、周转用房的,诉讼期间不停止拆迁的执行。

101 强制拆迁需要具备哪些程序性条件?

房屋拆迁管理部门申请行政强制拆迁前,应当邀请有关管理部门、拆迁当事人代表以及具有社会公信力的代表等,对行政强制拆迁的依据、程序、补偿安置标准的测算依据等内容,进行听证。房屋拆迁管理部门申请行政强制拆迁,必须经领导班子集体讨论决定后,方可向政府提出行政强制拆迁申请。未经行政裁决,不得实施行政强制拆迁。

依据强制拆迁决定实施行政强制拆迁,房屋拆迁管理部门应当提前15日通知被拆迁人,并认真做好宣传解释工作,动员被拆迁人自行搬迁。行政强制拆迁应当严格依法进行。强制拆迁时,应当组织街道办事处(居委会)、被拆迁人单位代表到现场作为强制拆迁证明人,并由公证部门对被拆迁房屋及其房屋内物品进行证据保全。

拆迁人未按裁决意见向被拆迁人提供拆迁补偿资金或者符合国家质量安全标准的安置用房、周转用房的,不得实施强制拆迁。

拆迁人、接受委托的拆迁单位在实施拆迁中采用恐吓、胁迫以及停水、停电、停止供气、供热等手段,强迫被拆迁人搬迁或者擅自组织强制拆迁的,由所在市、县房屋拆迁管理部门责令停止拆迁,并依法予以处罚;触犯刑律的,依法追究刑事责任。

附 录

信访条例

（2005年1月10日国务院令第431号公布
自2005年5月1日起施行）

第一章　总　　则

第一条　【立法宗旨】[①]为了保持各级人民政府同人民群众的密切联系，保护信访人的合法权益，维护信访秩序，制定本条例。

第二条　【信访和信访人定义】本条例所称信访，是指公民、法人或者其他组织采用书信、电子邮件、传真、电话、走访等形式，向各级人民政府、县级以上人民政府工作部门反映情况，提出建议、意见或者投诉请求，依法由有关行政机关处理的活动。

采用前款规定的形式，反映情况，提出建议、意见或者投诉请求的公民、法人或者其他组织，称信访人。

第三条　【信访工作要求】各级人民政府、县级以上人民政府工作部门应当做好信访工作，认真处理来信、接待来访，倾听人民群众的意见、建议和要求，接受人民群众的监督，努

① 条文主旨为编者所加，下同。

力为人民群众服务。

各级人民政府、县级以上人民政府工作部门应当畅通信访渠道,为信访人采用本条例规定的形式反映情况,提出建议、意见或者投诉请求提供便利条件。

任何组织和个人不得打击报复信访人。

第四条 【信访工作原则】信访工作应当在各级人民政府领导下,坚持属地管理、分级负责,谁主管、谁负责,依法、及时、就地解决问题与疏导教育相结合的原则。

第五条 【标本兼治的要求】各级人民政府、县级以上人民政府工作部门应当科学、民主决策,依法履行职责,从源头上预防导致信访事项的矛盾和纠纷。

县级以上人民政府应当建立统一领导、部门协调,统筹兼顾、标本兼治,各负其责、齐抓共管的信访工作格局,通过联席会议、建立排查调处机制、建立信访督查工作制度等方式,及时化解矛盾和纠纷。

各级人民政府、县级以上人民政府各工作部门的负责人应当阅批重要来信、接待重要来访、听取信访工作汇报,研究解决信访工作中的突出问题。

第六条 【信访工作机构职责】县级以上人民政府应当设立信访工作机构;县级以上人民政府工作部门及乡、镇人民政府应当按照有利工作、方便信访人的原则,确定负责信访工作的机构(以下简称信访工作机构)或者人员,具体负责信访工作。

县级以上人民政府信访工作机构是本级人民政府负责信访工作的行政机构,履行下列职责:

（一）受理、交办、转送信访人提出的信访事项；

（二）承办上级和本级人民政府交由处理的信访事项；

（三）协调处理重要信访事项；

（四）督促检查信访事项的处理；

（五）研究、分析信访情况，开展调查研究，及时向本级人民政府提出完善政策和改进工作的建议；

（六）对本级人民政府其他工作部门和下级人民政府信访工作机构的信访工作进行指导。

第七条 【信访工作责任制】各级人民政府应当建立健全信访工作责任制，对信访工作中的失职、渎职行为，严格依照有关法律、行政法规和本条例的规定，追究有关责任人员的责任，并在一定范围内予以通报。

各级人民政府应当将信访工作绩效纳入公务员考核体系。

第八条 【奖励制度】信访人反映的情况，提出的建议、意见，对国民经济和社会发展或者对改进国家机关工作以及保护社会公共利益有贡献的，由有关行政机关或者单位给予奖励。

对在信访工作中做出优异成绩的单位或者个人，由有关行政机关给予奖励。

第二章 信 访 渠 道

第九条 【畅通信访渠道制度】各级人民政府、县级以上人民政府工作部门应当向社会公布信访工作机构的通信地址、电子信箱、投诉电话、信访接待的时间和地点、查询信访事项处理进展及结果的方式等相关事项。

各级人民政府、县级以上人民政府工作部门应当在其信访接待场所或者网站公布与信访工作有关的法律、法规、规章，信访事项的处理程序，以及其他为信访人提供便利的相关事项。

第十条 【信访接待日制度】设区的市级、县级人民政府及其工作部门，乡、镇人民政府应当建立行政机关负责人信访接待日制度，由行政机关负责人协调处理信访事项。信访人可以在公布的接待日和接待地点向有关行政机关负责人当面反映信访事项。

县级以上人民政府及其工作部门负责人或者其指定的人员，可以就信访人反映突出的问题到信访人居住地与信访人面谈沟通。

第十一条 【信访信息系统】国家信访工作机构充分利用现有政务信息网络资源，建立全国信访信息系统，为信访人在当地提出信访事项、查询信访事项办理情况提供便利。

县级以上地方人民政府应当充分利用现有政务信息网络资源，建立或者确定本行政区域的信访信息系统，并与上级人民政府、政府有关部门、下级人民政府的信访信息系统实现互联互通。

第十二条 【投诉请求的查询】县级以上各级人民政府的信访工作机构或者有关工作部门应当及时将信访人的投诉请求输入信访信息系统，信访人可以持行政机关出具的投诉请求受理凭证到当地人民政府的信访工作机构或者有关工作部门的接待场所查询其所提出的投诉请求的办理情况。

具体实施办法和步骤由省、自治区、直辖市人民政府规定。

第十三条 【信访工作机制】设区的市、县两级人民政府可以根据信访工作的实际需要，建立政府主导、社会参与、有利于迅速解决纠纷的工作机制。

信访工作机构应当组织相关社会团体、法律援助机构、相关专业人员、社会志愿者等共同参与，运用咨询、教育、协商、调解、听证等方法，依法、及时、合理处理信访人的投诉请求。

第三章 信访事项的提出

第十四条 【信访事项范围】信访人对下列组织、人员的职务行为反映情况，提出建议、意见，或者不服下列组织、人员的职务行为，可以向有关行政机关提出信访事项：

（一）行政机关及其工作人员；

（二）法律、法规授权的具有管理公共事务职能的组织及其工作人员；

（三）提供公共服务的企业、事业单位及其工作人员；

（四）社会团体或者其他企业、事业单位中由国家行政机关任命、派出的人员；

（五）村民委员会、居民委员会及其成员。

对依法应当通过诉讼、仲裁、行政复议等法定途径解决的投诉请求，信访人应当依照有关法律、行政法规规定的程序向有关机关提出。

第十五条 【涉法信访事项分流】信访人对各级人民代表大会以及县级以上各级人民代表大会常务委员会、人民法院、人民检察院职权范围内的信访事项，应当分别向有关的人民代表大会及其常务委员会、人民法院、人民检察院提出，并遵守本条例第十六条、第十七条、第十八条、第十九条、第二十条的规定。

第十六条　【信访事项提出】信访人采用走访形式提出信访事项，应当向依法有权处理的本级或者上一级机关提出；信访事项已经受理或者正在办理的，信访人在规定期限内向受理、办理机关的上级机关再提出同一信访事项的，该上级机关不予受理。

第十七条　【信访提出形式】信访人提出信访事项，一般应当采用书信、电子邮件、传真等书面形式；信访人提出投诉请求的，还应当载明信访人的姓名（名称）、住址和请求、事实、理由。

有关机关对采用口头形式提出的投诉请求，应当记录信访人的姓名（名称）、住址和请求、事实、理由。

第十八条　【走访要求】信访人采用走访形式提出信访事项的，应当到有关机关设立或者指定的接待场所提出。

多人采用走访形式提出共同的信访事项的，应当推选代表，代表人数不得超过5人。

第十九条　【信访客观性要求】信访人提出信访事项，应当客观真实，对其所提供材料内容的真实性负责，不得捏造、歪曲事实，不得诬告、陷害他人。

第二十条　【信访秩序】信访人在信访过程中应当遵守法律、法规，不得损害国家、社会、集体的利益和其他公民的合法权利，自觉维护社会公共秩序和信访秩序，不得有下列行为：

（一）在国家机关办公场所周围、公共场所非法聚集，围堵、冲击国家机关，拦截公务车辆，或者堵塞、阻断交通的；

（二）携带危险物品、管制器具的；

（三）侮辱、殴打、威胁国家机关工作人员，或者非法限制他人人身自由的；

（四）在信访接待场所滞留、滋事，或者将生活不能自理的人弃留在信访接待场所的；

（五）煽动、串联、胁迫、以财物诱使、幕后操纵他人信访或者以信访为名借机敛财的；

（六）扰乱公共秩序、妨害国家和公共安全的其他行为。

第四章　信访事项的受理

第二十一条　【信访工作机构对信访的处理】县级以上人民政府信访工作机构收到信访事项，应当予以登记，并区分情况，在15日内分别按下列方式处理：

（一）对本条例第十五条规定的信访事项，应当告知信访人分别向有关的人民代表大会及其常务委员会、人民法院、人民检察院提出。对已经或者依法应当通过诉讼、仲裁、行政复议等法定途径解决的，不予受理，但应当告知信访人依照有关法律、行政法规规定程序向有关机关提出。

（二）对依照法定职责属于本级人民政府或者其工作部门处理决定的信访事项，应当转送有权处理的行政机关；情况重大、紧急的，应当及时提出建议，报请本级人民政府决定。

（三）信访事项涉及下级行政机关或者其工作人员的，按照“属地管理、分级负责，谁主管、谁负责”的原则，直接转送有权处理的行政机关，并抄送下一级人民政府信访工作机构。

县级以上人民政府信访工作机构要定期向下一级人民政府信访工作机构通报转送情况，下级人民政府信访工作机构要定期向上一级人民政府信访工作机构报告转送信访事项的办理情况。

（四）对转送信访事项中的重要情况需要反馈办理结果的，可以直接交由有权处理的行政机关办理，要求其在指定办理期限内反馈结果，提交办结报告。

按照前款第（二）项至第（四）项规定，有关行政机关应当自收到转送、交办的信访事项之日起 15 日内决定是否受理并书面告知信访人，并按要求通报信访工作机构。

第二十二条　【有关行政机关对信访的处理】信访人按照本条例规定直接向各级人民政府信访工作机构以外的行政机关提出的信访事项，有关行政机关应当予以登记；对符合本条例第十四条第一款规定并属于本机关法定职权范围的信访事项，应当受理，不得推诿、敷衍、拖延；对不属于本机关职权范围的信访事项，应当告知信访人向有权的机关提出。

有关行政机关收到信访事项后，能够当场答复是否受理的，应当当场书面答复；不能当场答复的，应当自收到信访事项之日起 15 日内书面告知信访人。但是，信访人的姓名（名称）、住址不清的除外。

有关行政机关应当相互通报信访事项的受理情况。

第二十三条　【保密义务】行政机关及其工作人员不得将信访人的检举、揭发材料及有关情况透露或者转给被检举、揭发的人员或者单位。

第二十四条　【管辖争议处理】涉及两个或者两个以上行政机关的信访事项，由所涉及的行政机关协商受理；受理有争议的，由其共同的上一级行政机关决定受理机关。

第二十五条　【行政机关变更时信访的受理】应当对信访事项作出处理的行政机关分立、合并、撤销的，由继续行使其职权的行政机关受理；职责不清的，由本级人民政府或者其指定的机关受理。

第二十六条　【重大紧急信访事项处理】公民、法人或者其他组织发现可能造成社会影响的重大、紧急信访事项和信访信息时，可以就近向有关行政机关报告。地方各级人民政府接到报告后，应当立即报告上一级人民政府；必要时，通报有关主管部门。县级以上地方人民政府有关部门接到报告后，应当立即报告本级人民政府和上一级主管部门；必要时，通报有关主管部门。国务院有关部门接到报告后，应当立即报告国务院；必要时，通报有关主管部门。

行政机关对重大、紧急信访事项和信访信息不得隐瞒、谎报、缓报，或者授意他人隐瞒、谎报、缓报。

第二十七条　【重大紧急信访信息处理】对于可能造成社会影响的重大、紧急信访事项和信访信息，有关行政机关应当在职责范围内依法及时采取措施，防止不良影响的产生、扩大。

第五章　信访事项的办理和督办

第二十八条　【办理要求】行政机关及其工作人员办理信访事项，应当恪尽职守、秉公办事，查明事实、分清责任，宣传法制、教育疏导，及时妥善处理，不得推诿、敷衍、拖延。

第二十九条　【建议采纳】信访人反映的情况，提出的建议、意见，有利于行政机关改进工作、促进国民经济和社会发展的，有关行政机关应当认真研究论证并积极采纳。

第三十条　【回避】行政机关工作人员与信访事项或者信访人有直接利害关系的，应当回避。

第三十一条　【办理程序及要求】对信访事项有权处理的行政机关办理信访事项，应当听取信访人陈述事实和理由；必要时可以要求信访人、有关组织和人员说明情况；需要进一步核实有关情况的，可以向其他组织和人员调查。

对重大、复杂、疑难的信访事项，可以举行听证。听证应当公开举行，通过质询、辩论、评议、合议等方式，查明事实，分清责任。听证范围、主持人、参加人、程序等由省、自治区、直辖市人民政府规定。

第三十二条　【答复及要求】对信访事项有权处理的行政机关经调查核实，应当依照有关法律、法规、规章及其他有关规定，分别作出以下处理，并书面答复信访人：

（一）请求事实清楚，符合法律、法规、规章或者其他有关规定的，予以支持；

（二）请求事由合理但缺乏法律依据的，应当对信访人做好解释工作；

（三）请求缺乏事实根据或者不符合法律、法规、规章或者其他有关规定的，不予支持。

有权处理的行政机关依照前款第（一）项规定作出支持信访请求意见的，应当督促有关机关或者单位执行。

第三十三条　【办理期限】信访事项应当自受理之日起60日内办结；情况复杂的，经本行政机关负责人批准，可以适当延长办理期限，但延长期限不得超过30日，并告知信访人延期理由。法律、行政法规另有规定的，从其规定。

第三十四条　【复查】信访人对行政机关作出的信访事项处理意见不服的，可以自收到书面答复之日起30日内请求原办理行政机关的上一级行政机关复查。收到复查请求的行政机关应当自收到复查请求之日起30日内提出复查意见，并予以书面答复。

第三十五条　【复核】信访人对复查意见不服的，可以自收到书面答复之日起30日内向复查机关的上一级行政机关请求复核。收到复核请求的行政机关应当自收到复核请求之日起30日内提出复核意见。

复核机关可以按照本条例第三十一条第二款的规定举行听证，经过听证的复核意见可以依法向社会公示。听证所需时间不计算在前款规定的期限内。

信访人对复核意见不服，仍然以同一事实和理由提出投诉请求的，各级人民政府信访工作机构和其他行政机关不再受理。

第三十六条　【督办制度】县级以上人民政府信访工作机构发现有关行政机关有下列情形之一的，应当及时督办，

并提出改进建议:

(一)无正当理由未按规定的办理期限办结信访事项的;

(二)未按规定反馈信访事项办理结果的;

(三)未按规定程序办理信访事项的;

(四)办理信访事项推诿、敷衍、拖延的;

(五)不执行信访处理意见的;

(六)其他需要督办的情形。

收到改进建议的行政机关应当在 30 日内书面反馈情况;未采纳改进建议的,应当说明理由。

第三十七条 【完善政策建议】县级以上人民政府信访工作机构对于信访人反映的有关政策性问题,应当及时向本级人民政府报告,并提出完善政策、解决问题的建议。

第三十八条 【行政处分建议】县级以上人民政府信访工作机构对在信访工作中推诿、敷衍、拖延、弄虚作假造成严重后果的行政机关工作人员,可以向有关行政机关提出给予行政处分的建议。

第三十九条 【信访情况分析及工作报告制度】县级以上人民政府信访工作机构应当就以下事项向本级人民政府定期提交信访情况分析报告:

(一)受理信访事项的数据统计、信访事项涉及领域以及被投诉较多的机关;

(二)转送、督办情况以及各部门采纳改进建议的情况;

(三)提出的政策性建议及其被采纳情况。

第六章　法律责任

第四十条　【侵犯信访人合法权益的责任】因下列情形之一导致信访事项发生，造成严重后果的，对直接负责的主管人员和其他直接责任人员，依照有关法律、行政法规的规定给予行政处分；构成犯罪的，依法追究刑事责任：

（一）超越或者滥用职权，侵害信访人合法权益的；

（二）行政机关应当作为而不作为，侵害信访人合法权益的；

（三）适用法律、法规错误或者违反法定程序，侵害信访人合法权益的；

（四）拒不执行有权处理的行政机关作出的支持信访请求意见的。

第四十一条　【信访工作机构的责任】县级以上人民政府信访工作机构对收到的信访事项应当登记、转送、交办而未按规定登记、转送、交办，或者应当履行督办职责而未履行的，由其上级行政机关责令改正；造成严重后果的，对直接负责的主管人员和其他直接责任人员依法给予行政处分。

第四十二条　【有权处理行政机关的责任】负有受理信访事项职责的行政机关在受理信访事项过程中违反本条例的规定，有下列情形之一的，由其上级行政机关责令改正；造成严重后果的，对直接负责的主管人员和其他直接责任人员依法给予行政处分：

（一）对收到的信访事项不按规定登记的；

（二）对属于其法定职权范围的信访事项不予受理的；

(三)行政机关未在规定期限内书面告知信访人是否受理信访事项的。

第四十三条 【对失职行为的行政处分】对信访事项有权处理的行政机关在办理信访事项过程中,有下列行为之一的,由其上级行政机关责令改正;造成严重后果的,对直接负责的主管人员和其他直接责任人员依法给予行政处分:

(一)推诿、敷衍、拖延信访事项办理或者未在法定期限内办结信访事项的;

(二)对事实清楚,符合法律、法规、规章或者其他有关规定的投诉请求未予支持的。

第四十四条 【泄密失密及作风粗暴的责任】行政机关工作人员违反本条例规定,将信访人的检举、揭发材料或者有关情况透露、转给被检举、揭发的人员或者单位的,依法给予行政处分。

行政机关工作人员在处理信访事项过程中,作风粗暴,激化矛盾并造成严重后果的,依法给予行政处分。

第四十五条 【处理重大紧急信访事项违法行为的责任】行政机关及其工作人员违反本条例第二十六条规定,对可能造成社会影响的重大、紧急信访事项和信访信息,隐瞒、谎报、缓报,或者授意他人隐瞒、谎报、缓报,造成严重后果的,对直接负责的主管人员和其他直接责任人员依法给予行政处分;构成犯罪的,依法追究刑事责任。

第四十六条 【打击报复信访人的责任】打击报复信访人,构成犯罪的,依法追究刑事责任;尚不构成犯罪的,依法给予行政处分或者纪律处分。

第四十七条　【对信访人违法行为的处理】违反本条例第十八条、第二十条规定的，有关国家机关工作人员应当对信访人进行劝阻、批评或者教育。

经劝阻、批评和教育无效的，由公安机关予以警告、训诫或者制止；违反集会游行示威的法律、行政法规，或者构成违反治安管理行为的，由公安机关依法采取必要的现场处置措施、给予治安管理处罚；构成犯罪的，依法追究刑事责任。

第四十八条　【捏造、诬告责任】信访人捏造歪曲事实、诬告陷害他人，构成犯罪的，依法追究刑事责任；尚不构成犯罪的，由公安机关依法给予治安管理处罚。

第七章　附　　则

第四十九条　【适用范围补充】社会团体、企业事业单位的信访工作参照本条例执行。

第五十条　【涉外信访】对外国人、无国籍人、外国组织信访事项的处理，参照本条例执行。

第五十一条　【实施日期】本条例自 2005 年 5 月 1 日起施行。1995 年 10 月 28 日国务院发布的《信访条例》同时废止。

国土资源信访规定

(2006年1月4日国土资源部令第32号修订
自2006年3月1日起施行)

第一章 总 则

第一条 为规范国土资源信访行为,维护国土资源信访秩序,保护信访人的合法权益,根据《信访条例》和国土资源管理法律、法规,制定本规定。

第二条 本规定所称国土资源信访,是指公民、法人或者其他组织采用书信、电子邮件、传真、电话、走访等形式,向国土资源管理部门反映情况,提出建议、意见或者投诉请求,依法由国土资源管理部门处理的活动。

本规定所称信访人,是指采用前款规定的形式,反映情况,提出建议、意见或者投诉请求的公民、法人或者其他组织。

第三条 国土资源信访工作应当遵循下列原则:

(一)属地管理、分级负责,谁主管、谁负责;

(二)畅通信访渠道,方便信访人;

(三)实事求是,有错必纠;

(四)依法、及时、就地解决问题与疏导教育相结合;

（五）坚持依法行政，从源头上预防导致国土资源信访事项发生的矛盾和纠纷。

第四条　上级国土资源管理部门应当定期对下级国土资源管理部门的信访工作绩效进行考核。

第五条　有下列情形之一的，有关的国土资源管理部门应当给予奖励：

（一）在国土资源信访工作中成绩显著的单位或者个人；

（二）信访人反映的情况，提出的建议、意见，对改进国土资源管理工作有重要贡献的。

第二章　信访工作机构和人员

第六条　县级以上国土资源管理部门应当按照有利工作、方便信访人的原则，确定负责信访工作的机构，配备与工作任务相适应的工作人员，设立接待场所，提供必要的工作保障。

第七条　国土资源信访工作人员应当熟悉国土资源法律、法规和政策，具有较丰富的群众工作经验，作风正派，责任心强，实事求是，廉洁奉公。

第八条　国土资源信访工作机构依法履行下列职责：

（一）受理、交办、转送国土资源信访事项；

（二）承办本级人民政府和上级国土资源管理部门交办的国土资源信访事项；

（三）协调处理重要国土资源信访事项；

（四）督促检查国土资源信访事项的处理；

（五）研究分析信访情况，开展调查研究，及时向本部门提出完善政策、解决问题和改进工作的建议；

（六）对下级国土资源管理部门的信访工作进行指导。

第九条 信访工作机构根据工作需要，可以参加会审会等有关会议，阅读相关文件，查阅、复制与信访事项有关的文件、凭证。

第十条 国土资源信访工作人员应当做到：

（一）全心全意为人民服务，严格依法行政；

（二）认真处理人民来信，热情接待群众来访，依法解答信访人提出的问题，耐心做好疏导工作，宣传国土资源法律、法规和有关方针、政策；

（三）保护信访人的隐私权利，不得将举报、控告材料、信访人姓名及其他有关情况透露或者转送给被举报、被控告的对象或者单位。

第十一条 国土资源信访工作人员享受本级人民政府或者上级国土资源管理部门有关的岗位津贴和卫生保健福利待遇。

第三章 信访渠道

第十二条 县级以上国土资源管理部门应当通过互联网或者发布公告等方式，向社会公开下列信访信息：

（一）信访工作机构的通信地址、电子信箱和投诉电话；

（二）信访接待的时间和地点；

（三）查询信访事项处理进展及结果的方式；

（四）与信访工作有关的法律、法规、规章；

（五）信访事项的处理程序；

（六）其他为信访人提供便利的相关事项。

第十三条　县级以上国土资源管理部门应当充分利用现有的政务信息网络资源，建立国土资源信访信息系统，实现与本级人民政府信访工作机构、上下级国土资源管理部门的互联互通，为信访人在当地提出信访事项、查询信访事项办理情况提供便利。

第十四条　国土资源信访工作机构应当将信访人的投诉请求输入信访信息系统。信访人可以持有关的国土资源管理部门出具的投诉请求受理凭证，到当地国土资源管理部门的信访接待场所查询其所提出的投诉请求的办理情况。

第十五条　县级以上国土资源管理部门应当建立健全信访工作制度。主要负责人应当阅批重要来信，接待重要来访，听取信访工作汇报，研究解决国土资源信访工作中的突出问题。

第十六条　市、县国土资源管理部门应当建立行政机关负责人信访接待日制度，由市、县国土资源管理部门负责人协调处理信访事项。信访人可以在市、县国土资源管理部门公布的信访接待日和接待地点，当面向市、县国土资源管理部门负责人反映信访事项。

县级以上国土资源管理部门的负责人或者工作人员，可以就信访人反映的突出问题到信访人居住地与信访人面谈沟通。

第四章　信访事项的提出

第十七条　信访人对国土资源管理部门及其工作人员

的职务行为反映情况，提出建议、意见，或者不服国土资源管理部门及其工作人员的职务行为，可以向有关的国土资源管理部门提出信访事项。

对依法应当通过诉讼、仲裁、行政复议等法定途径解决的投诉请求，信访人应当依照有关法律、行政法规规定向有关机关提出。

第十八条 信访人提出国土资源信访事项，应当向依法有权处理的国土资源管理部门提出。

第十九条 信访人向国土资源管理部门提出信访事项，一般应当采取书信、电子邮件、传真等书面形式。信访人提出投诉请求的，还应当载明信访人的姓名（名称）、住址和请求、事实、理由。

对采用口头形式提出投诉请求的，国土资源管理部门应当记录信访人的姓名（名称）、住址和请求、事实、理由。

第二十条 信访人采用走访形式向国土资源管理部门提出信访事项的，应当到国土资源管理部门设立、指定的接待场所提出；多人采用走访形式提出共同信访事项的，应当推选代表，代表人数不得超过五人。

第五章 信访事项的受理

第二十一条 县级以上国土资源管理部门收到信访人提出的信访事项，或者人民政府、人民政府的信访工作机构转送、交办的信访事项，应当进行登记。属于下列情形之一的，应当制作《国土资源信访事项告知书》，在十五日内书面告知信访人：

（一）已经或者依法应当通过诉讼、仲裁、行政复议等法定途径解决的信访事项，应当告知信访人依照有关法律、行政法规规定的程序向有关机关提出；

（二）属于各级人民代表大会及其常务委员会、人民法院、人民检察院职权范围内的信访事项，应当告知信访人分别向有关的人民代表大会及其常务委员会、人民法院、人民检察院提出；

（三）依法不属于国土资源管理部门职权范围内的信访事项，应当告知信访人向有权处理的部门或者人民政府提出。信访人重复提起的信访事项仍在办理期限内的，信访工作机构可以不再书面告知信访人。

第二十二条 依照法定职责属于国土资源管理部门职权范围内的信访事项，有关国土资源管理部门应当按照“属地管理、分级负责，谁主管、谁负责”的原则，在十五日内分别按照下列方式处理：

（一）属于下级国土资源管理部门职权范围内的信访事项，制作《国土资源信访事项转送书》，直接转送有管辖权的下级国土资源管理部门。涉及下级国土资源管理部门负责人或者工作人员的信访事项，应当转送其上一级国土资源管理部门；

（二）属于上级国土资源管理部门职权范围内的信访事项，直接报送有管辖权的上级国土资源管理部门；

（三）情况重大、紧急，需要反馈办理结果的信访事项，制作《国土资源信访事项交办书》，直接交由有权处理的国土资源管理部门办理。有权处理的国土资源管理部门应当在指定办理的期限内，向交办的国土资源管理部门提交《国土资源信访事项办结报告》，反馈信访事项的办理结果；

（四）属于本部门职权范围内的信访事项，应当受理，不得推诿、敷衍、拖延，并制作《国土资源信访事项受理通知书》，书面告知信访人；

（五）信访事项已经受理或者正在办理的，信访人在规定期限内向受理、办理的国土资源管理部门的上级国土资源管理部门提出同一信访事项的，该上级国土资源管理部门制作《国土资源信访事项不予受理通知书》，书面告知信访人；

（六）信访人提出的信访事项属于征地补偿标准争议，有关人民政府已经或者正在依法进行裁决的，该国土资源管理部门制作《国土资源信访事项不予受理通知书》，书面告知信访人不予受理。

依照前款第（一）项至第（三）项规定，接到转送、交办信访事项的国土资源管理部门应当自收到《国土资源信访事项转送书》或者《国土资源信访事项交办书》之日起十五日内决定是否受理，并书面告知信访人。

第二十三条　上级国土资源管理部门应当定期向下级国土资源管理部门通报信访事项的转送、交办情况。下级国土资源管理部门应当定期向上一级国土资源管理部门报告转送、交办信访事项的办理情况。

第六章　信访事项的办理和督办

第二十四条　国土资源管理部门办理信访事项，应当听取信访人陈述事实和理由；必要时可以要求信访人、有关组织和人员说明情况;需要进一步核实有关情况的,可以向其他组织和人员调查。

第二十五条 对重大、复杂、疑难的信访事项,国土资源管理部门需要举行听证的,依照《国土资源听证规定》中依职权听证的程序进行。听证所需时间不计算在本规定第二十八条、第三十条和第三十一条规定的时限内。

第二十六条 国土资源管理部门对依法受理的信访事项,应当依照有关法律、法规、规章及其他有关规定,分别做出以下处理,并制作《国土资源信访事项处理意见书》,书面答复信访人:

(一)请求事实清楚,符合法律、法规、规章或者其他有关规定的,予以支持;

(二)请求事由合理但缺乏法律依据的,应当对信访人做好解释工作;

(三)请求缺乏事实根据或者不符合法律、法规、规章或者其他有关规定的,不予支持。

国土资源管理部门依照前款第(一)项规定,作出支持信访请求意见的,有关机关或者单位应当执行。

第二十七条 国土资源管理部门收到信访人提出的信访事项后,能够当场答复的,应当当场答复。

第二十八条 国土资源管理部门办理信访事项,应当自受理之日起六十日内办结。情况重大、复杂的,经本部门负责人批准,可以适当延长办理期限,但延长期限不得超过三十日,并告知信访人延期理由。

第二十九条 信访工作机构受理信访事项后,发现信访人就该信访事项又提起行政复议或者行政诉讼,有关部门已经受理的,信访工作机构可以决定终止办理。

第三十条 信访人对国土资源管理部门作出的信访事项处理意见不服的,可以自收到《国土资源信访事项处理意见书》之日起三十日内,请求同级人民政府或者上一级国土资源管理部门复查。原办理机关为省级国土资源管理部门的,按照国务院有关规定向省级人民政府请求复查。

收到复查请求的上一级国土资源管理部门应当自收到复查请求之日起三十日内,提出复查意见,并制作《国土资源信访事项复查意见书》,书面答复信访人。

第三十一条 信访人对国土资源管理部门的复查意见不服的,可以自收到《国土资源信访事项复查意见书》之日起三十日内,向复查机关的同级人民政府或者上一级国土资源管理部门请求复核。复查机关为省级国土资源管理部门的,按照国务院有关规定向省级人民政府请求复核。

收到复核请求的上一级国土资源管理部门应当自收到复核请求之日起三十日内提出复核意见,制作《国土资源信访事项复核意见书》,书面答复信访人。

第三十二条 上级国土资源管理部门发现下级国土资源管理部门有下列情形之一的,应当及时督办,并提出改进建议:

(一)未按规定的办理期限办结信访事项的;

(二)未按规定反馈信访事项办理结果的;

(三)未按规定程序办理信访事项的;

(四)不执行信访处理意见的;

(五)收到督办文书,未在规定期限内反馈办理情况的;

(六)其他需要督办的情形。

第三十三条 信访人对国土资源管理部门作出的复核意见不服,或者信访人在规定时限内未提出复查或者复核请求,仍然以同一事实和理由提出投诉请求的,有关国土资源管理部门应当制作《国土资源信访事项不再受理通知书》,书面告知信访人不再受理该信访事项。

第三十四条 国土资源管理部门出具的《国土资源信访事项处理意见书》、《国土资源信访事项复查意见书》、《国土资源信访事项复核意见书》、《国土资源信访事项不予受理通知书》和《国土资源信访事项不再受理通知书》,应当加盖国土资源管理部门印章。

第三十五条 县级以上国土资源管理部门应当建立和完善国土资源信访分析统计制度。下级国土资源管理部门应当向上级国土资源管理部门报送国土资源信访情况年度、季度分析报告。

国土资源信访情况分析报告应当包括以下内容:

(一)受理信访事项的数据统计;

(二)信访事项涉及的领域和地域;

(三)信访事项转送、交办、督办情况;

(四)信访事项反映出的国土资源管理工作中存在的主要问题以及解决问题的相关政策性建议;

(五)信访人提出的改进国土资源管理工作的建议及其被采纳情况。

第七章　信访秩序的维护

第三十六条　信访人提出信访事项，应当客观真实，对其所提供材料内容的真实性负责，不得捏造、歪曲事实，不得诬告、陷害他人。

第三十七条　县级以上国土资源管理部门应当成立处置群体上访事件应急组织并制订应急预案。

对可能造成社会影响的重大、紧急信访事项和信访信息，国土资源信访工作人员应当立即报告其部门负责人。有关国土资源管理部门负责人认为必要的，应当立即报告本级人民政府和上级国土资源管理部门，并在职责范围内依法及时采取有效措施，防止不良影响的产生和扩大。

第三十八条　信访人不遵守信访秩序，在信访过程中采取过激行为的，有关国土资源管理部门可以依法及时采取劝阻、批评、教育等措施；对拒不听从劝阻，可能导致事态扩大的，有关国土资源管理部门可以建议公安机关予以警告、训诫或者制止。

第八章　法 律 责 任

第三十九条　县级以上国土资源管理部门超越或者滥用职权，不依法履行法定职责，适用法律、法规错误或者违反法定程序，侵害信访人合法权益的，或者拒不执行有关机关作出的支持信访请求意见的，依照《信访条例》第四十条的规定，依法追究法律责任。

第四十条　县级以上国土资源管理部门在办理信访事

项过程中,有下列行为之一的,上级国土资源管理部门应当责令限期改正;造成严重后果的,对直接负责的主管人员和其他直接责任人员依法给予行政处分;构成犯罪的,依法追究刑事责任:

（一）对收到的信访事项不按规定登记的;

（二）对属于其法定职权范围内的信访事项不予受理的;

（三）未在规定期限内书面告知信访人是否受理信访事项的;

（四）推诿、敷衍、拖延信访事项办理或者未在法定期限内办结信访事项的;

（五）未在法定期限内将处理意见或者复查意见、复核意见书面答复信访人的;

（六）对事实清楚,符合法律、法规、规章或者其他有关规定的投诉请求未予以支持的;

（七）对重大、紧急信访事项和信访信息隐瞒、谎报、缓报,或者授意他人隐瞒、谎报、缓报的。

第四十一条　信访工作人员处理信访事项有下列情形之一的,依法给予行政处分:

（一）玩忽职守、徇私舞弊的;

（二）作风粗暴,激化矛盾并造成严重后果的;

（三）将信访人的检举、揭发材料或者有关情况透露给被检举、揭发的人员或者单位的。

第九章　附　　则

第四十二条　本规定自2006年3月1日起施行。

建设部信访工作管理办法

（2005 年 11 月 10 日修订 建办〔2005〕205 号）

第一章 总 则

第一条 为了加强建设部的信访工作，畅通信访渠道，保障群众合法权益，维护社会稳定，根据国务院《信访条例》的规定，制定本办法。

第二条 建设部信访室是建设部对外接待群众来信来访的机构，负责日常信访的接待、处理和管理工作。

本办法所称来信是指信访人通过书信、电子邮件、传真等书面形式提出的信访事项。

本办法所称来访是指信访人采用走访形式提出信访事项。

第三条 部信访室应当向社会公布其通信地址、电子信箱、投诉电话、信访接待时间和地点、查询信访事项处理进展及结果的方式等相关事项，并在建设部网站上公布与信访工作有关的法律、行政法规和部门规章，信访事项的处理程序，以及其他为信访人提供便利的相关事项。

第四条 按照“属地管理、分级负责，谁主管、谁负责，依法、及时、就地解决问题与疏导教育相结合”的信访处理原则,部信访室转有关省、自治区建设厅和直辖市建委及有关部门(以下简称省级建设部门)负责解决的信访问题,或者转部有关司局处理的信访问题,有关省级建设部门或者部有关司局应当认真负责,依法在规定的时限内办结。

第五条　各省级建设部门应当建立健全信访责任人和联络员制度,有一名分管领导做为信访责任人,并确定一名专(兼)职信访联络员,负责本省(自治区、直辖市)建设系统信访工作的协调并指导做好处理工作。

第六条　各级建设部门应当坚持科学、民主决策,依法履行职责,从源头上预防导致信访事项的矛盾和纠纷。

第七条　各级建设部门要建立健全矛盾纠纷排查调处工作机制,认真做好各种矛盾纠纷的排查和超前化解工作,把工作重点从事后处置转到事前预防上。要高度重视并热情耐心地做好群众初次来信来访的接待处理工作,把矛盾化解在萌芽状态,把问题解决在基层。

第二章　部信访室的基本任务和人员要求

第八条　部信访室的基本任务:

(一)受理群众反映与建设部职能有关的意见、建议和诉求的来信来访,对建设系统的信访工作进行综合协调和指导。

(二)负责及时向各省级建设部门和部有关司局交办、转办、督办来信来访事项,承担党中央、国务院领导同志,以及国家信访局和部领导(含“三总师”,下同)交办信访案件的督办或查办。

（三）按月、季、年做好信访情况的统计分析报告工作，及时做好突发事件和集体上访的信息报送工作；紧急时可先口头报情况，事后补报文字材料；对重大事项应当追踪连续报送后续处理情况。

（四）从群众来信来访中，筛选出群众信访的热点、难点问题，搜集群众的意见、建议和要求，对来信来访中带普遍性、政策性、倾向性的问题及重大信访案件进行调查研究，商请部有关司局提出建议和处理意见，为领导决策服务。

（五）适时组织建设系统信访工作经验交流、业务培训和理论研讨，不断提高建设系统信访工作人员政策、业务水平和依法处理信访问题的能力。

（六）负责维护信访室及其候谈室的正常工作秩序。对在候谈室内纠缠、吵闹的人员应当及时劝阻。对躺卧、滞留候谈室，影响信访室正常办公秩序和候谈室公共卫生的人员进行必要的教育，维护正常的来访秩序。

第九条 部信访室工作人员必须做到：

（一）认真学习贯彻党和国家的路线、方针、政策和法律、法规，及建设系统的有关政策法规，坚持原则，依法、及时、合理处理信访人的投诉请求；

（二）热情接待来访群众，认真登记来信来访的诉求，倾听并分析所反映的问题，耐心解释政策，及时与地方有关部门取得联系，沟通情况；

（三）做好对来访群众的宣传教育工作，教育和引导群众学法、懂法、用法、守法，以理性合法的方式表达利益要求，依法维护自身合法权益，解决利益矛盾，自觉维护信访工作秩序。

第三章　处理信访事项的基本要求

第十条　部信访室应当保持与各省级建设部门信访联络员的联系畅通，一经发现进京集体上访、异常访及突发事件，及时协调地方有关部门与部有关司局派人到现场进行处理。

第十一条　部信访室对越级进京上访的人员，应当做好耐心细致的宣传和思想疏导工作，劝其依法向有权处理的机关或者上一级机关提出。如有必要，部信访室应当及时通知地方有关部门做好接待工作，防止矛盾扩大。

信访事项已经受理或者正在办理的，信访人在规定期限内向部信访室再提出同一信访事项的，部信访室不予受理。

第十二条　部信访室收到信访事项，应当予以登记。凡属反映部机关及其工作人员职务行为的意见和建议，或者不服部机关及其工作人员的职务行为，应当受理，并在15日内转送部有关司局处理，部有关司局不得推诿、敷衍、拖延；对于不属于部职权范围的信访事项，应当告知信访人向有权处理的机关提出。

对收到的信访事项，能够当场答复是否受理的，应当当场书面答复；不能当场答复的，应当自收到信访事项之日起15日内书面告知信访人；信访人的姓名（名称）、住址不清的除外。

第十三条　信访事项涉及地方建设部门或其工作人员行为的，应当告知信访人向有权处理的地方有关机关提出。情况重大、紧急的信访事项，由部信访室及时转送有权处理的有关市、县建设部门,并抄送该省级建设部门。

第十四条 地方建设部门或者部有关司局经过调查核实,应当依照有关政策、法规,分别作出以下处理,并书面答复信访人:

(一)请求事由事实清楚,符合法律、法规和政策规定的,予以支持,并督促有关机关或单位执行;

(二)请求事由合理但缺乏法律依据的,应当向信访人做好解释工作;

(三)请求事由缺乏事实根据或者不符合法律、法规和政策规定的,不予支持。

第十五条 信访事项应当自受理之日起60日内办结;情况复杂的,经本行政机关负责人批准,可以适当延长办理期限,但延长期限不得超过30日,并告知信访人延期理由。法律、行政法规另有规定的,从其规定。

第十六条 信访人对行政机关做出的信访事项处理意见不服的,可以自收到书面答复之日起30日内请求原办理行政机关的上一级行政机关复查。收到复查请求的行政机关应当自收到复查请求之日起30日内提出复查意见,并予以书面答复。

第十七条 信访人对复查意见不服的,可以自收到书面答复之日起30日内向复查机关的上一级行政机关请求复核。收到复核请求的行政机关应当自收到复核请求之日起30日内提出复核意见。

按照国务院法制办公室、国家信访局《对〈信访条例〉第三十四条、第三十五条中"上一级行政机关"的含义及〈信访条例〉适用问题的解释》的规定,本办法所指的原办理行政机关、复查机关是设区的市级以下建设部门的其上一级行政机关是指本级人民政府或者上一级建设部门;原办理行政机关复查机关是省级建设部门的,其上一级行政机关是指本级人民政府。

第十八条　信访人对复核意见不服,仍然以同一事实和理由提出投诉请求的,地方建设部门或者部信访室不再受理,但应当向信访人做好解释工作。

第十九条　信访人对各级人民代表大会及其常务委员会、人民法院、人民检察院职权范围内的信访事项,应当告知信访人分别向有关的人民代表大会及其常务委员会、人民法院、人民检察院提出。对已经或者依法应当通过诉讼、仲裁、行政复议等法定途径解决的,不予受理,但应当告知信访人依照有关法律、行政法规规定程序向有关机关提出。

第四章　来信处理程序

第二十条　部信访室指定专人办理人民群众给建设部或部领导的人民来信,以及国家信访局等有关单位转来的人民来信。

第二十一条　部信访室收到来信后,应当将来信和信封装订在一起并在来信第一页的右上角加盖当日建设部信访室收信印章,将来信人姓名、地址、反映的主要内容、办理情况等登录在《来信登记表》。

部有关司局收到群众来信的,也应当登记,及时转地方建设等有关部门处理,并书面告知信访人。有关司局应在每月2日前(节假日顺延至上班第2天)将上月群众来信登记表送部信访室。

第二十二条　下列内容的信件应报部领导或办公厅领导阅批:

(一)有关建设行业的管理、科技和改革等方面的重要意见和建议;

(二)带有普遍性、倾向性和苗头性的重大问题;

(三)建设系统的重要情况和动态;

(四)国内外知名人士的重要来信;

(五)反映对重大问题顶、拖不办、明显违反政策的来信;

(六)其他需经领导同志阅批的信件。

信件上报前,办信人可对信件的内容做适当的了解核实。上报的信件经领导批示后,由指定经办人按批示意见具体落实。在规定期限内无反馈结果的,由经办人负责催办。领导批示件要登记、复印保存。

第二十三条　下列内容的信件由部信访室用公函将信件转交有关省级建设部门或者部有关司局处理,并在规定时限内反馈办理结果:

(一)检举、控告严重违法乱纪、扰乱秩序或者以权谋私的问题;

(二)可能发生意外,给国家、单位和个人的利益造成重大损失的问题;

(三)其他应当由有关省级建设部门或者部有关司局进行调查处理的重要的情况、问题。

交办的函件由办信人拟稿,函稿应明确办理和反馈的期限。如需以部、办公厅名义发函交办的，应当按照《建设部机关公文处理办法》的有关规定办理。交办后，如果在规定期限内未反馈结果，由原办信人催办。

第二十四条　经办人对反馈的结果应认真审查，可以结案的，送部信访室负责人审定，其中重要问题，报办公厅领导审定。对处理明显不当或者不能结案的，应当商请有关单位或者有关部门做进一步处理。

来信人对上报处理结果表示不同意见的，应当认真研究，慎重做结案处理。

对已结案信件，经办人应当将该案办理过程中形成的有关材料整理保存。

第二十五条　一般信件由部信访室用固定格式的转办单，转交给有关省级建设部门或者部有关司局酌情处理，不需反馈处理结果。

对无查办和无参考价值，以及不需要再处理的重复信件，由部信访室做暂存处理。暂存信件由办信人登记、存放，定期整理销毁。

第五章　来访处理程序

第二十六条　来访人应当到部信访室提出来访事项。来访人应当遵守法律、法规，不得损害国家、社会、集体的利益和其他公民的合法权利，自觉维护社会公共秩序和信访秩序，不得有下列行为：

（一）在建设部机关大楼周围非法聚集，围堵、冲击建设部机关，拦截公务车辆，或者堵塞、阻断交通；

（二）携带危险物品、管制器具；

（三）侮辱、殴打、威胁国家机关工作人员，或者非法限制他人人身自由；

（四）在部信访室滞留、滋事，或者将生活不能自理的人弃留在部信访室；

（五）煽动、串联、胁迫、以财物诱使、幕后操纵他人信访或者以信访为名借机敛财；

（六）扰乱公共秩序、妨害国家和公共安全的其他行为。

第二十七条　来访人应当按照部信访室窗口接待人员的要求，填写《来访人员登记表》。集体来访的应当按来访人数逐一填写。

窗口接待人员应当仔细阅览来访人员填写的《来访人员登记表》，核实有关证件，确认是否接谈。确认接谈的，窗口接待人员应告来访人员在指定候谈室等候接谈。

第二十八条　接待人员要坚持文明接待，认真耐心地倾听来访人员的叙述，阅看来访人员携带的材料，做好接谈记录，认真负责地向群众做好政策解释和思想疏导工作。

来访人反映的问题专业性、政策性较强的，由部信访室通知部有关司局。有关司局应当及时安排专业人员到部信访接待室接待来访群众。

第二十九条　依法应当由部负责处理的信访事项，应当按照本办法第十二条的要求办理，并告知来访人员返回原地听候处理，不要在京等候结果。

信访事项涉及地方建设部门或者其工作人员行为的，应当按照本办法第十三条的要求办理。

第三十条　凡有下列情况之一的，可以立案交办或者请地方有关建设部门派人来京协调处理：

（一）问题比较复杂的疑难特殊案件和人数众多的集体来访，经动员不返回或者情况不清，而又需要及时处理的；

（二）多次来访、多次交办而无处理结果的；

（三）来访人有异常表现或者意外情况，需要与地方有关建设部门当面研究的；

（四）地方有关建设部门的处理有明显失误，且处理难度较大的；

（五）其他需要请地方有关建设部门来京协调处理的情况。

第三十一条　对立案交办的信访事项，有关省级建设部门应当在规定的期限内反馈处理结果。

第三十二条　要做好集体来访的接待工作。

本制度所称集体来访，是指同一地区、反映同一问题的群众代表 5 人的来访。超过 5 人的，按照本办法第三十五条的规定处理。

接待集体来访时，应当有 2 名接待人员接待。

接待处理集体来访时，要注意加强与有关省级建设部门和市县的联系、沟通，避免矛盾激化，事态扩大。如需要请地方有关建设部门来京处理时，应当通过省级建设部门的信访联络员协调地方派人来京。集体来访反映的问题涉及部多个司局业务的，部信访室应当及时向办公厅领导报告，由办公厅领导协调部有关司局共同处理。

第六章　信访突发事件处理程序

第三十三条　部成立处置信访突发事件领导小组。部处置信访突发事件领导小组由分管副部长任组长,办公厅主任、分管副主任和有关单位负责人为成员。领导小组下设办公室,负责处置信访突发事件的协调工作,办公厅分管副主任兼办公室主任。

第三十四条　部信访室接待人员发现来访人在信访室及其候谈室患有危、急疾病,以及受到意外伤害或者服药自杀的,应当采取紧急措施,及时与部机关门诊部和北京市急救中心联系急救处理,并及时向办公厅领导报告。

接待人员发现来访人患有按规定应当上报的传染病时,应当及时与部机关门诊部和北京市海淀区卫生防疫部门联系处理,并配合做好传染病的有关防治工作。

第三十五条　对来访人中的下列行为之一的,接待人员可视情节轻重进行劝阻、批评、教育,请公安机关给予警告、训诫、制止,或移交公安机关处理:

(一)不按规定到指定场所上访,干扰社会秩序和机关工作秩序的;

(二)同一地区、反映同一问题的来访人数超过5人的;

(三)反映的问题已按国家有关政策、法规作了处理,仍提出无理要求,经耐心说服教育无效,长期在部信访室纠缠取闹的;

(四)反映的问题按有关政策、法规不应解决,但仍坚持无理要求,长期在部信访室纠缠取闹,妨碍正常工作秩序的;

（五）在来访人中串联闹事，拦截、纠缠领导的；

（六）扬言爆炸、杀人、自杀，企图制造事端，铤而走险的；

（七）携带危险品、爆炸品以及各种管制器械到接待场所或者机关办公区的；

（八）对接待人员进行纠缠、侮辱、殴打、威胁的；

（九）破坏接待室办公设施以及有其他违法乱纪行为的；

（十）其他严重影响办公秩序行为的。

第三十六条　接待人员遇有下列特殊情况时，应立即报告有关部门：

（一）来访人扬言要到中南海、天安门或者中央领导同志住处上访、制造事端的，应当及时向办公厅领导汇报，并及时向国家信访局、北京市公安局治安总队报告；

（二）发现被公安机关通缉的人犯来访时，应当立即向甘家口派出所报告；

（三）发现信访室或者附近有人员死亡时，应当立即向办公厅领导报告，并请公安机关勘验现场和尸体，验明死者身份。如属来访人的，应立即通知地方有关建设部门商讨处理办法；现场无保护必要的，应协助有关部门立即将其送医院存放，等待处理。如属非来访人的，由公安机关处理。

第三十七条　对规模较大、情绪激烈，或者围堵部机关办公大楼的集体来访事件，除按本办法第三十二条的要求做好接待工作外，部信访室应立即报告办公厅领导，由厅领导请部有关司局立即派人和部信访室接待人员共同听取上访人员反映的问题，耐心细致地做好政策解释工作。同时，要求有关省级建设部门、市驻京办事处派得力人员尽快到场，解答群众反映的问题，积极疏导上访人员尽早返回本地妥善处理。说服教育无效、集体来访人员继续围堵部机关办公大楼的，要提请公安机关处理。

部机关有关司局、部机关服务中心等有关单位，要按照部印发的《建设部处置群体性上访事件工作预案》（建办〔2004〕33 号）的要求，负责做好相应的工作。

第七章　附　　则

第三十八条　本办法由建设部负责解释。

第三十九条　本办法自印发之日起执行。2005 年 4 月 28 日建设部印发的《建设部信访工作管理办法》（建办〔2005〕59 号）同时废止。

公安机关信访工作规定

(2005年8月18日公安部令第79号公布
自2005年8月18日起施行)

第一章 总 则

第一条 为了规范公安机关信访工作,维护公安机关信访秩序,保护信访人的合法权益,保持公安机关同人民群众的密切联系,根据《信访条例》,制定本规定。

第二条 各级公安机关应当畅通信访渠道,倾听人民群众的意见、建议和投诉请求,接受人民群众的监督,认真做好信访工作,努力为人民群众服务。

第三条 公安机关信访工作应当坚持属地管理、分级负责,谁主管、谁负责,依法、及时、就地解决问题与疏导教育相结合的原则。

第四条 各级公安机关应当科学、民主决策,依法履行职责,严格、公正、文明执法,努力从源头上预防和减少信访事项的发生。

各级公安机关应当建立信访问题排查调处制度,及时将可能形成信访事项的问题解决在萌芽状态和初始阶段。

第五条 各级公安机关应当加强对信访工作的领导,建立由本级公安机关负责人和各有关部门负责人组成的信访工作领导小组,充分发挥各部门、各警种的作用,形成统一领导、部门协调,各负其责、齐抓共管的信访工作格局。

各级公安机关应当为信访工作机构开展工作提供保障。

第六条 各级公安机关负责人应当阅批来信、接待来访、听取信访工作汇报,研究解决信访工作中的问题。地级、县级公安机关必须建立公安局长信访接待日制度,直接处理信访问题。

各级公安机关负责人或者其指定人员,可以就信访人反映突出的问题到信访人居住地与信访人面谈沟通。

第七条 各级公安机关应当建立重大信访信息报告和处理制度。

对于重大、紧急信访事项和信访信息不得隐瞒、谎报、缓报,或者授意他人隐瞒、谎报、缓报。

对于可能造成社会影响的重大、紧急信访事项和信访信息,有关公安机关应当在职责范围内依法、及时采取措施,防止不良影响的产生、扩大。

第八条 各级公安机关应当建立健全信访工作责任追究制度,对信访工作中的失职、渎职行为,依照有关法律、法规和本规定,追究有关人员的责任,并予以通报。

第九条 各级公安机关应当将信访工作绩效纳入领导班子和领导干部考核体系、执法质量考评体系和人民警察考核体系。

公安机关应当将信访事项是否解决在本级公安机关、解决在当地,作为绩效考核的重要依据。

对在信访工作中做出优异成绩的单位和个人,应当给予表彰奖励。

第十条　公安机关及其人民警察依法保护信访人的合法权益,对信访人提出的属于本级公安机关管辖范围的信访事项应当受理,不得推诿、敷衍、拖延;不得歧视、刁难和打击报复信访人;不得将信访人的检举、揭发材料或者有关情况透露给被检举、揭发的人员或者单位。

第十一条　办理信访事项的公安机关人民警察与信访事项或者信访人有直接利害关系的,应当回避。

第十二条　公安机关应当充分利用现有信息网络资源,逐步建立全国公安信访信息系统,并逐步实现与同级人民政府信访工作机构、上级和下级公安机关信访信息的互联互通。

第二章　信访工作机构及职责

第十三条　县级公安机关按照有利工作、方便信访人的原则,设立专门的信访工作机构或者确定负责信访工作的机构、专职人员;地级以上公安机关设立专门的信访工作机构。

公安机关信访工作任务较重的部门,应当确定负责本部门信访工作的领导和工作人员。

第十四条　各级公安机关信访工作机构是本级公安机关负责信访工作的职能部门。其主要职责是:

(一)登记信访事项,并受理属于本级公安机关管辖的信访事项;

(二)对所受理的信访事项按照职责分工转交有关部门、

有关警种办理,或者自行办理;

(三)协调办理重要信访事项;

(四)承办上级机关交办的信访事项;

(五)向下级公安机关转送或者交办信访事项,并对其提交的办结报告进行审核;

(六)对信访事项的办理情况书面答复或者告知信访人;

(七)督促、检查、指导本级公安机关其他部门和下级公安机关的信访工作;

(八)对在信访工作中发现民警有违法违纪行为的,向有关部门转交并提出处理建议;

(九)研究、分析信访情况,开展调查研究,及时提出加强、改进公安工作和公安队伍建设的建议。

第十五条 公安机关各部门、各警种均有按业务分工承办职权范围内信访事项的职责,对信访工作机构转办的信访事项,应当认真、及时办理,并在规定时限内向信访工作机构书面回复办理结果。

反映的问题涉及刑事、行政执法业务工作的,由业务主管部门办理;反映的问题涉及执法过错案件的检查和认定的,由法制部门办理;反映的问题涉及单位和民警违法违纪的,由纪委、监察、审计等部门办理;反映的问题涉及多个部门的,由本级公安机关主要负责人牵头,组织协调相关部门办理。

第十六条 各级公安机关信访工作机构应当向社会公布通信地址、电子信箱、投诉电话、接待时间和地点、查询信访事项处理进展情况及结果的方式等相关事宜。

第十七条 各级公安机关应当在其设立的专门信访接待场所或者网站公布与公安信访工作有关的法律、法规、规章,信访事项的处理程序,以及其他为信访人提供便利的相关事项。

第三章 信访事项的管辖

第十八条 各级公安机关受理信访人对本级公安机关及其派出机构和民警的职务行为反映情况,提出建议、意见或者投诉请求等信访事项。

对依法应当通过法定途径解决的信访事项,依照有关法律、法规的规定管辖和处理。

第十九条 地级公安机关受理信访人对县级公安机关的信访事项处理意见不服提出的复查请求。

省级公安机关受理信访人对地级公安机关的信访事项处理意见不服提出的复查请求;受理信访人对地级公安机关的复查意见不服提出的复核请求。

第二十条 信访事项涉及多个地区的,由所涉及地区的公安机关协商管辖。

对管辖权有争议的,由其共同的上一级公安机关指定管辖。

第二十一条 上级公安机关认为有必要,可以直接受理由下级公安机关管辖的信访事项。

第四章 信访事项的办理

第二十二条 各级公安机关信访工作机构接到信访事

项后，应当做好登记，并区分情况，在15日内按下列方式处理：

（一）对不属于公安机关职权范围的信访事项，或者依法应当通过诉讼、仲裁、行政复议等法定途径解决的信访事项，不予受理，并告知信访人向有关机关提出或者依照法定程序提出；

（二）对属于本级公安机关管辖的信访事项，予以受理，并根据所反映问题的性质、内容确定办理单位；

（三）对属于下级公安机关管辖的信访事项，应当转送下级公安机关。对其中的重要信访事项，可以向下级公安机关进行交办，要求其在规定的期限内反馈结果，并提交办结报告。下级公安机关应当自收到转送、交办的信访事项之日起15日内决定是否受理，并书面告知信访人。

地级以上公安机关信访工作机构应当定期向下一级公安机关信访工作机构通报转送信访事项情况；下级公安机关信访工作机构应当定期向上一级公安机关信访工作机构报告转送信访事项的办理情况。

第二十三条 公安机关信访工作机构接到信访事项后，能够当场告知是否受理的，应当当场书面告知信访人；不能当场告知的，应当自接到信访事项之日起15日内书面告知信访人。但是，信访人姓名（名称）、住址不清的除外。

第二十四条 公安机关调查处理信访事项，应当听取信访人陈述事实和理由；必要时可以要求信访人、有关组织和人员说明情况，提供有关证明材料；需要进一步核实有关情况的，可以依法向其他组织和人员调查取证。

对重大、复杂、疑难信访事项,应当由本级公安机关负责人组织专门力量调查处理,必要时可以依照《信访条例》的有关规定,举行公开听证。

第二十五条 公安机关经调查核实,应当依照有关法律、法规、规章及其他有关规定,对信访事项分别作出以下处理,并书面答复信访人:

(一)信访人的投诉请求事实清楚,符合法律、法规、规章或者其他有关规定,应当支持信访人的请求。其中属于公安机关原处理结论确有不当或者错误的,应当作出书面决定,予以纠正或者撤销并予以重新处理;属于公安机关不履行法定职责问题的,应当督促履行职责;

(二)信访人的投诉请求缺乏事实依据或者不符合法律、法规、规章和其他有关规定的,以及信访人的投诉请求虽然事由合理但缺乏法律依据的,对信访人的请求不予支持,并做好信访人的解释疏导工作;

(三)信访人提出的建议和意见,有利于公安机关改进工作的,应当认真研究论证并积极采纳。

第二十六条 信访事项应当自受理之日起60日内处理完毕;情况复杂的,经本级公安机关负责人批准,可以适当延长办结期限,但延长期限不得超过30日,并告知信访人延期理由。有关法律、法规已规定办结时限的,从其规定。

第二十七条 信访人对县级公安机关处理意见不服的,可以自收到书面答复之日起30日内,持书面答复向县级人民政府或者地级公安机关提出复查请求。对地级公安机关处理意见不服的,可以自收到书面答复之日起30日内,持书面答复向地级人民政府或者省级公安机关提出复查请求。公安机关应当自收到复查请求之日起30日内复查完毕,提出复查意见,书面答复信访人。

对省级公安机关处理意见不服的,应当向省级人民政府提出复查请求。

第二十八条 信访人对地级公安机关复查意见不服的,可以自收到书面答复之日起30日内,持书面答复向地级人民政府或者省级公安机关提出复核请求。省级公安机关应当自收到复核请求之日起30日内复核完毕,提出复核意见,书面答复信访人。

对省级公安机关复查意见不服的,应当向省级人民政府提出复核请求。

第二十九条 信访人对公安机关复核意见不服,仍然以同一事实和理由提出投诉请求的,各级公安机关不再受理。

第三十条 公安机关复查或者复核信访事项,主要以书面审查方式进行。

经书面审查认为需要进一步核实有关情况的,可以由负责复查、复核的公安机关向信访人及有关组织和人员调查,必要时可以举行听证。

第三十一条 信访人在请求复查或者复核中提出新的事实和理由的,复查或者复核的公安机关可以督促原处理机关进行调查,也可以自行调查。

第三十二条 公安机关复查、复核信访事项后,依照本规定第二十五条,根据不同情况分别提出复查、复核意见。

第三十三条 公安机关在办理信访事项过程中形成的

文书材料，应当存档备查。

第五章 信访事项的督办

第三十四条 公安机关信访工作机构应当认真履行督促、检查职责，全面了解本级公安机关有关部门和下级公安机关执行本规定的情况，及时向本级公安机关负责人提交督促、检查报告。

第三十五条 各级公安机关信访工作机构对本级公安机关有关部门或者下级公安机关在处理信访事项中有下列情形之一的，应当及时督办：

（一）应当受理而拒不受理信访事项的；

（二）未按规定程序办理信访事项的；

（三）未按规定的办理期限办结信访事项的；

（四）未按规定反馈重要信访事项办理结果的；

（五）办理信访事项推诿、敷衍、拖延的；

（六）不执行信访处理意见或者复查、复核意见的；

（七）其他需要督办的事项。

第三十六条 公安机关信访工作机构对所督办的事项应当提出改进建议。

收到改进建议的本级公安机关有关部门或者下级公安机关应当及时反馈改进情况。改进建议未被采纳的，信访工作机构可以将改进建议提交本级公安机关负责人审定后，责成被督办单位执行。

第三十七条 公安机关信访工作机构应当将督办情况及在督办过程中发现的民警违法违纪问题，及时向有关公安机关或者有关部门通报,并提出处理意见或者建议。

第六章 法律责任

第三十八条 公安机关因下列情形之一导致信访事项发生,造成严重后果的,对直接负责的主管人员和其他直接责任人员,依照有关法律、法规、规章的规定给予行政处分;构成犯罪的,依法追究刑事责任:

(一)超越或者滥用职权,侵害信访人合法权益的;

(二)应当作为而不作为,侵害信访人合法权益的;

(三)适用法律、法规错误或者违反法定程序,侵害信访人合法权益的;

(四)拒不执行信访处理意见或者复查、复核意见的;

(五)其他导致信访事项发生,造成严重后果的。

第三十九条 公安机关及其有关部门在办理和督办信访事项过程中,违反本规定的,由其上级公安机关责令改正;造成严重后果的,对直接负责的主管人员和其他直接责任人员依法给予行政处分。

第四十条 公安机关对信访事项作出的处理、复查意见,被复查、复核机关撤销或者纠正的,依照《公安机关人民警察执法过错责任追究规定》,视情予以责任追究。

第四十一条 公安机关人民警察在信访工作中玩忽职守、徇私舞弊,或者打击报复信访人,或者将信访人的检举、揭发材料或者有关情况透露给被检举、揭发的人员或者单位的,依法给予行政处分;构成犯罪的,依法追究刑事责任。

公安机关人民警察在处理信访事项过程中,作风粗暴,激化矛盾并造成严重后果的,依法给予行政处分。

第四十二条 公安机关及其人民警察违反本规定第七条,造成严重后果的,对直接负责的主管人员和其他直接责任人员给予行政处分;构成犯罪的,依法追究刑事责任。

第四十三条 信访人违反《信访条例》第十八条、第二十条规定,依照《信访条例》第四十七条处理;构成违反治安管理行为的,依法给予治安管理处罚;构成犯罪的,依法追究刑事责任。

第四十四条 信访人违反《信访条例》第十九条规定,在信访活动中捏造事实、诬告陷害他人,构成犯罪的,依法追究刑事责任;尚不构成犯罪的,依法给予治安管理处罚。

第七章 附 则

第四十五条 对外国人、无国籍人、外国组织向公安机关提出的信访事项,参照本规定处理。

第四十六条 铁路、交通、民航、森林公安机关和海关缉私部门的信访工作,参照本规定执行。

第四十七条 本规定自发布之日起施行。1995 年 1 月 11 日公安部发布的《公安机关受理控告申诉暂行规定》同时废止。

人民检察院信访工作规定

（2007年3月26日公布　高检发控字〔2007〕1号
自2007年3月26日起施行）

第一章　总　　则

第一条　为了规范人民检察院信访工作，保护信访人的合法权益，维护信访秩序，保持与人民群众的密切联系，根据国家有关法律规定，结合检察工作实际，制定本规定。

第二条　本规定所称信访，是指信访人采用书信、电子邮件、传真、电话、走访等形式，向人民检察院反映情况，提出建议、意见或者控告、举报和申诉，依法由人民检察院处理的活动。

本规定所称信访人，是指采用前款规定的形式，反映情况，提出建议、意见或者控告、举报和申诉的公民、法人或者其他组织。

第三条　人民检察院依法处理下列信访事项：

（一）反映国家工作人员职务犯罪的举报；

（二）不服人民检察院处理决定的申诉；

（三）反映公安机关侦查活动存在违法行为的控告；

（四）不服人民法院生效判决、裁定的申诉；

（五）反映刑事案件判决、裁定的执行和监狱、看守所、劳动教养机关的活动存在违法行为的控告；

（六）反映人民检察院工作人员违法违纪行为的控告；

（七）加强、改进检察工作和队伍建设的建议和意见；

（八）其他依法应当由人民检察院处理的信访事项。

第四条 人民检察院信访工作应当遵循立检为公、执法为民的宗旨，坚持化解社会矛盾、促进社会和谐的原则，畅通信访渠道，依法处理人民群众的建议、意见和控告、举报、申诉，接受人民群众的监督，维护人民群众的合法权益。

第五条 人民检察院信访工作应当坚持属地管理、分级负责，谁主管、谁负责，依法、及时、就地解决问题与教育疏导相结合的原则，把矛盾纠纷化解在基层，解决在当地。

第六条 人民检察院信访工作实行首办责任制，按照部门职能分工，明确责任，及时将信访事项解决在首次办理环节。

第七条 办理信访事项的人民检察院工作人员与信访事项或者信访人有利害关系的，应当回避。

第八条 各级人民检察院应当建立由本院检察长和有关内设部门负责人组成的信访工作领导小组，强化内部配合、制约机制，充分发挥各职能部门的作用，形成统一领导、部门协调，各负其责、齐抓共管的信访工作格局。

第九条 各级人民检察院应当建立重大信访信息报告制度，不得隐瞒、谎报、缓报重大信访信息；下列重大信访信息应当及时向检察长报告：

（一）受理信访事项的综合和分类数据；

（二）群众反映强烈的突出问题；

（三）重大、紧急的信访事项；

（四）转送、催办和交办、督办情况；

（五）重大信访事项办结后，进行调查研究，查找执法环节和检察队伍建设、制度落实等方面存在的突出问题，提出改进检察工作的建议。

第十条 人民检察院应当将信访工作纳入干部考核体系和执法质量考评体系，将信访事项是否解决在本院、解决在当地，作为考核的重要依据。对在信访工作中做出优异成绩的单位和个人，应当给予表彰奖励。

第十一条 人民检察院开展文明接待室创建评比活动，每三年评比、命名一次文明接待室和优秀接待员。

第二章 信访工作机构及职责

第十二条 各级人民检察院应当设立控告申诉检察部门负责信访工作。人员较少的县级人民检察院应当确定负责信访工作的机构或者专职人员。

第十三条 控告申诉检察部门在信访工作中的主要职责：

（一）统一受理来信，接待来访；

（二）对所受理的信访事项按照职责分工转送有关部门办理，或者根据有关规定自行办理；

（三）向下级人民检察院转送或者交办信访事项，并进行督办，对下级人民检察院提交的办结报告进行审查；

（四）根据有关规定对信访事项进行初步调查；

（五）对上级机关交办的信访事项进行转办和催办，或者根据有关规定自行办理，并将办理情况报告上级机关；

（六）对信访事项的办理情况书面答复或者告知信访人；

（七）依据有关规定做好化解矛盾、教育疏导工作及相关善后工作；

（八）在信访工作中发现检察人员有违法违纪行为的，及时移送有关部门调查处理；

（九）研究、分析信访情况，开展调查研究，及时提出加强、改进检察工作和队伍建设的建议；

（十）宣传法制，提供有关法律咨询；

（十一）指导下级人民检察院的信访工作。

第十四条　人民检察院应当设立专门的信访接待场所，并在信访接待场所公布与信访工作有关的法律规定和信访事项的处理程序，以及其他相关事项。

第十五条　人民检察院控告申诉检察部门应当向社会公布通信地址、邮政编码、电子信箱、举报电话、举报网址、接待时间和地点、查询信访事项处理进展情况及结果的方式等相关事项。

第十六条　人民检察院应当加强信访信息化建设，建立和完善信访信息系统，逐步实现各级人民检察院之间、人民检察院与其他国家机关之间信访信息的互联互通，方便人民群众提出诉求，查询办理进度和结果，提高信访工作效率和信访管理水平。

第三章　信访事项的管辖

第十七条　各级人民检察院受理应当由本院管辖的控

告、举报和申诉,以及信访人提出的建议和意见。

第十八条 上级人民检察院受理信访人不服下级人民检察院信访事项处理意见提出的复查请求。

第十九条 人民检察院各部门均有按职能分工承办信访事项的职责,对控告申诉检察部门转送的信访事项,应当指定承办人及时办理,并在规定时限内书面回复办理结果。

第二十条 信访事项涉及检察业务工作的,由业务主管部门办理;涉及法律适用问题研究的,由法律政策研究部门办理;涉及组织人事工作的,由政工部门办理;涉及检察人员违法违纪的,由纪检监察部门办理;涉及多个部门工作的,由本院检察长组织协调,明确相关部门牵头办理。

第二十一条 上级人民检察院认为有必要时,可以直接受理由下级人民检察院管辖的信访事项,也可以将本院管辖的信访事项在受理后交由下级人民检察院办理。

第二十二条 信访事项涉及多个地区的,由所涉及地区的人民检察院协商管辖。对于管辖权有争议的,由其共同的上一级人民检察院指定管辖。

第四章 信访事项的受理

第二十三条 信访人采用走访形式提出信访事项的,负责接待的工作人员应当制作笔录,载明信访人的姓名或者名称、单位、住址和信访事项的具体内容,经宣读或者交信访人阅读无误后,由信访人和负责接待的工作人员签名或者盖章。对信访人提供的控告、举报、申诉材料认为内容不清的,应当要求信访人补充。

多人采用走访形式提出同一信访事项的，应当要求信访人推选代表，代表人数不超过五人。

接受控告、举报线索的工作人员，应当告知信访人须对其控告、举报内容的真实性负责，不得捏造、歪曲事实，不得诬告陷害、诽谤他人，以及诬告陷害、诽谤他人应负的法律责任。

第二十四条 信访人采用书信形式提出信访事项的，负责处理来信的工作人员应当及时拆阅。启封时，应当注意保持邮票、邮戳、邮编、地址和信封内材料的完整。启封后，按照主件、附件顺序装订整齐，在来信首页右上角空白处加盖本院收信专用章。

第二十五条 对信访人采用电子邮件、电话、传真等形式提出的信访事项，应当参照本规定第二十三条、第二十四条相关规定办理。

第二十六条 人民检察院实行检察长和业务部门负责人接待人民群众来访制度。接待时间和地点应当向社会公布。

地市级和县级人民检察院检察长和业务部门负责人接待的时间，每年应当不少于十二次，每次不少于半天。

省级以上人民检察院检察长和业务部门负责人每年应当根据情况不定期安排接待时间，或者深入基层组织开展联合接访活动。

第二十七条 检察长和业务部门负责人接待来访群众，可以定期接待，也可以预约接待。

第二十八条 县级人民检察院应当实行带案下访、定期巡访制度，在乡镇、社区设立联络点，聘请联络员，及时掌握信访信息，化解社会矛盾。

第二十九条 信访事项应当逐件摘要录入计算机，在受理后七日内按照管辖和部门职能分工转送下级人民检察院或者本院有关部门办理。对于转送本院有关部门办理的控告、举报、申诉，应当逐件附《控告、申诉首办流程登记表》。

对于重要信访事项应当提出意见，经部门负责人审核后报检察长阅批。

对于告急信访事项应当在接收当日依法处理。

第三十条 对于性质不明难以归口、群众多次举报未查处和检察长交办的举报线索，控告申诉检察部门应当依法进行初查。

第三十一条 各级人民检察院应当依法保护控告人、举报人的合法权益。严禁把控告、举报材料及有关情况泄露给被控告人、被举报人。

第三十二条 属于本院管辖的信访事项，能够当场答复是否受理的，应当当场书面答复；不能当场答复的，应当自收到信访事项之日起十五日内书面告知信访人，但是信访人的姓名（名称）、住址不清的除外。

不属于本院管辖的信访事项，应当转送有关主管机关处理，并告知信访人。

第五章 信访事项的办理

第三十三条 人民检察院办理信访事项，应当听取信访人陈述事实和理由，必要时可以要求信访人、有关组织和人员说明情况，需要进一步核实情况的，可以向其他组织和人员调查了解。

办理重大、复杂、疑难信访事项，应当由检察长组织专门力量调查处理。

第三十四条　人民检察院办理信访事项，经调查核实，应当依法作出处理，并答复信访人：

（一）事实清楚，符合法律政策规定的，应当支持；

（二）信访人提出的建议和意见，有利于改进工作的，应当研究论证并予以采纳；

（三）缺乏事实根据或者不符合法律政策规定的，不予支持，并向信访人做好解释疏导工作。

第三十五条　承办部门应当在收到本院控告申诉检察部门转送的信访事项之日起六十日内办结；情况复杂，逾期不能办结的，报经分管检察长批准后，可适当延长办理期限，并通知控告申诉检察部门。延长期限不得超过三十日。法律、法规另有规定的，从其规定。

第三十六条　控告申诉检察部门对转送本院有关部门办理的信访事项，应当每月清理一次。对即将到期的应当发催办函进行催办；超过一个月未办结的，应当报分管检察长，并向有关部门负责人通报。

第三十七条　上级人民检察院应当每季度向下一级人民检察院通报转交信访事项情况；下级人民检察院应当每季度向上一级人民检察院报告转交信访事项的办理情况。

第三十八条　承办部门应当向控告申诉检察部门书面回复办理结果。书面回复文书应当具有说理性，主要包括下

列内容:

(一)信访人反映的主要问题;

(二)办理的过程;

(三)认定的事实和证据;

(四)处理情况和法律依据;

(五)开展化解矛盾、教育疏导工作及相关善后工作的情况。

第三十九条 信访事项办理结果的答复由承办该信访事项的人民检察院控告申诉检察部门负责,除因通讯地址不详等情况无法答复的以外,原则上应当书面答复信访人。

重大、复杂、疑难信访事项的答复应当由承办部门和控告申诉检察部门共同负责,必要时可以举行公开听证,通过答询、辩论、评议、合议等方式,辩明事实,分清责任,做好化解矛盾、教育疏导工作。

举报答复应当注意保密,依法保护举报人的合法权益。需要以邮寄方式书面答复署名举报人的,应当挂号邮寄并不得使用有人民检察院字样的信封。

第四十条 信访人对人民检察院处理意见不服的,可以依照有关规定提出复查请求。人民检察院收到复查请求后应当进行审查,符合立案复查规定的应当立案复查,不符合立案复查规定的应当书面答复信访人。

第四十一条 人民检察院信访接待人员应当告知信访人依照国家有关规定到指定地点反映诉求,做到依法有序信访。对于信访人的下列行为,应当进行劝阻、批评或者教育;对于劝阻、批评或者教育无效的,应当移送公安机关依法处理：

（一）在人民检察院办公场所周围非法聚集，围堵、冲击人民检察院，拦截公务车辆，堵塞、阻断交通，影响正常办公秩序的；

（二）携带危险物品、管制器具的；

（三）侮辱、殴打、威胁检察人员，或者非法限制检察人员人身自由的；

（四）在信访接待场所滞留、滋事，故意破坏信访接待场所设施，或者将生活不能自理的人弃留在信访接待场所的；

（五）煽动、串联、胁迫、以财物诱使、幕后操纵他人信访或者以信访为名借机敛财的。

第四十二条 对于信访人捏造歪曲事实，诬告陷害、诽谤他人，构成犯罪的，应当依法追究刑事责任；尚不构成犯罪的，应当移送主管机关处理。

第六章 信访事项的交办和督办

第四十三条 上级人民检察院控告申诉检察部门可以代表本院向下级人民检察院交办下列重要信访事项：

（一）群众反映强烈，社会影响较大的；

（二）举报内容较详实，案情重大，多次举报未查处的；

（三）不服人民检察院处理决定，多次申诉未得到依法处理的；

（四）检察长批办的。

第四十四条 控告申诉检察部门负责管理上级人民检察院控告申诉检察部门交办的信访事项。登记后提出办理意见,报分管检察长审批。

第四十五条 对上级人民检察院交办的信访事项应当及时办理,一般应当在三个月内办结;情况复杂,确需延长办结期限的,需经检察长批准,延长期限不得超过三个月。延期办理的,应当向上级人民检察院报告进展情况,并说明理由。

第四十六条 对于上级人民检察院交办的信访事项,承办部门应当将办理情况和结果报经检察长审批后,制作《交办信访事项处理情况报告》,连同有关材料移送控告申诉检察部门,由控告申诉检察部门以本院名义报上一级人民检察院控告申诉检察部门。

第四十七条 《交办信访事项处理情况报告》应当包括下列内容:

(一)信访事项来源;

(二)信访人反映的主要问题;

(三)办理的过程;

(四)认定的事实和证据;

(五)处理情况和法律依据;

(六)开展化解矛盾、教育疏导工作及相关善后工作的情况。

第四十八条 上级人民检察院收到下级人民检察院上报的《交办信访事项处理情况报告》后,应当认真审查,对事实清楚、处理适当的,应当结案;对事实不清、证据不足、定性不准、处理不当的,应当提出意见,退回下级人民检察院重新办理。

对确有错误,下级人民检察院坚持不予纠正的,上级人民检察院经检察长或者检察委员会决定,可以撤销下级人民检察院的原处理决定,并作出新的决定。

第四十九条 上级人民检察院控告申诉检察部门对下级人民检察院在处理信访事项中有下列情形之一的,应当及时予以监督纠正:

(一)应当受理而拒不受理的;

(二)未按规定程序办理的;

(三)未按规定的办理期限办结的;

(四)未按规定反馈办理结果的;

(五)不执行信访处理意见的;

(六)其他需要监督纠正的事项。

第五十条 上级人民检察院控告申诉检察部门对所督办事项应当提出改进建议。下级人民检察院收到改进建议后应当及时改进并反馈情况。建议未被采纳的,控告申诉检察部门可报经检察长审批后,责成被督办单位执行。

第七章 责 任 追 究

第五十一条 控告申诉检察部门在处理信访事项工作中,发现检察人员有违法违纪行为的,应当提出建议,连同有关材料移送政工部门或者纪检监察部门处理。

第五十二条 具有下列情形之一导致信访事项发生,造成严重后果的,对直接负责的主管人员和其他直接责任人员,依照《人民检察院错案责任追究条例(试行)》和《检察人员纪律处分条例(试行)》等有关规定给予纪律处分;构成犯

罪的,依法追究刑事责任:

(一)超越或者滥用职权,侵害信访人合法权益的;

(二)应当作为而不作为,致使信访人合法权益受到侵害的;

(三)因故意或者重大过失,造成案件定性处理错误,侵害信访人合法权益的;

(四)其他因故意或者重大过失导致信访事项发生,造成严重后果的。

第五十三条 在处理信访事项过程中违反本规定,具有下列情形之一,造成严重后果的,对责任单位、责任部门和直接责任人予以批评教育;情节较重的,给予纪律处分;构成犯罪的,依法追究刑事责任:

(一)无故推诿、敷衍,应当受理而不予受理的;

(二)无故拖延,未在规定期限内办结的;

(三)对事实清楚,符合法律、法规或者其他有关规定的信访请求未予支持的;

(四)作风粗暴,方法简单,激化矛盾的;

(五)玩忽职守、徇私舞弊,打击报复信访人,或者把控告、举报材料及有关情况泄露给被控告人、被举报人的;

(六)拒不执行信访处理意见的。

第五十四条 隐瞒、谎报、缓报重大信访信息,造成严重后果的,对直接负责的主管人员和其他直接责任人员给予批评教育;情节较重的,给予纪律处分。

第八章 附 则

第五十五条 本规定由最高人民检察院负责解释。

第五十六条 本规定自公布之日起实施,此前有关人民检察院信访工作的规定与本规定不一致的,适用本规定。

关于违反信访工作纪律处分暂行规定

(2008年6月30日中央纪委、监察部、人力资源和社会保障部、国家信访局公布)

第一条 为严格执行处理信访突出问题及群体性事件工作责任制,切实落实领导责任,惩处信访工作违纪行为,维护信访工作秩序,保护信访人合法权益,促进社会和谐稳定,根据《中华人民共和国行政监察法》、《中华人民共和国公务员法》、《信访条例》、《行政机关公务员处分条例》及其他有关法律法规,制定本规定。

第二条 本规定适用于各级行政机关公务员。

第三条 本规定所称违反信访工作纪律,是指违反党和国家有关信访工作的规定的行为。

第四条 本规定所称领导责任,是指有关领导人员在处理信访突出问题及群体性事件时,承担的与领导工作职责相关的责任,分为主要领导责任和重要领导责任。

主要领导责任,是指在其职责范围内,对直接主管的工作不履行或不正确履行职责,对造成的影响或后果负直接领导责任。

重要领导责任,是指在其职责范围内,对应管的工作或参与决策的工作不履行或不正确履行职责,对造成的影响或后果负次要领导责任。

第五条 有下列情形之一的,对负有直接责任者,给予记大过、降级、撤职或者开除处分;负有主要领导责任者,给予记大过、降级或者撤职处分;负有重要领导责任者,给予记过、记大过或者降级处分:

(一)决策违反法律法规和政策,严重损害群众利益,引发信访突出问题或群体性事件的;

(二)主要领导不及时处理重要来信、来访或不及时研究解决信访突出问题,导致矛盾激化,造成严重后果的;

(三)对疑难复杂的信访问题,未按有关规定落实领导专办责任,久拖不决,造成严重后果的。

第六条 有下列情形之一的,对负有直接责任者,给予记大过、降级、撤职或者开除处分;负有主要领导责任者,给予记过、记大过、降级或者撤职处分;负有重要领导责任者,给予警告、记过、记大过或者降级处分:

(一)拒不办理上级机关和信访工作机构交办、督办的重要信访事项,或者编报虚假材料欺骗上级机关,造成严重后果的;

(二)拒不执行有关职能机关提出的支持信访请求意见,引发信访突出问题或群体性事件的;

(三)本地区、单位或部门发生越级集体上访或群体性事件后,未认真落实上级机关的明确处理意见,导致矛盾激化、事态扩大或引发重复越级集体上访,造成较大社会影响的;

(四)不按有关规定落实信访工作机构提出的改进工作、完善政策、给予处分等建议,造成严重后果的;

(五)对可能造成社会影响的重大、紧急信访事项和信访信息,隐瞒、谎报、缓报,或者授意他人隐瞒、谎报、缓报,造成严重后果的。

第七条 有下列情形之一的,对负有直接责任者,给予记过、记大过、降级或者撤职处分;负有主要领导责任者,给予记过、记大过或者降级处分;负有重要领导责任者,给予警告、记过或者记大过处分:

(一)在处理信访事项过程中,工作作风简单粗暴,造成严重后果的;

(二)对信访事项应当受理、登记、转送、交办、答复而未按规定办理或逾期未结,或者应当履行督查督办职责而未履行,造成严重后果的;

(三)在处理信访事项过程中,敷衍塞责、推诿扯皮导致矛盾激化,造成严重后果的;

(四)对重大信访突出问题和群体性事件,应到现场处置而未到现场处置或处置不当,造成严重后果或较大社会影响的。

第八条 有下列情形之一的,对负有直接责任者,给予记大过、降级、撤职或者开除处分;负有主要领导责任者,给予记过、记大过、降级或者撤职处分;负有重要领导责任者,给予警告、记过、记大过或者降级处分:

(一)超越或者滥用职权,侵害公民、法人或者其他组织合法权益,导致信访事项发生,造成严重后果的;

(二)应当作为而不作为,侵害公民、法人或者其他组织合法权益,导致信访事项发生,造成严重后果的;

(三)因故意或重大过失导致认定事实错误,或者适用法律、法规错误,或者违反法定程序,侵害公民、法人或者其他组织合法权益,导致信访事项发生,造成严重后果的。

第九条 违反规定使用警力处置群体性事件,或者滥用警械、强制措施,或者违反规定携带、使用武器的,对负有直接责任者,给予记过、记大过、降级或者撤职处分。造成严重后果的,对负有直接责任者,给予撤职或者开除处分;负有主要领导责任者,给予记过、记大过、降级或者撤职处分;负有重要领导责任者,给予警告、记过、记大过或者降级处分。

第十条 在信访工作中有其他失职、渎职行为,引发信访突出问题或群体性事件的,对负有直接责任者,给予记大过、降级、撤职或者开除处分;负有主要领导责任者,给予记过、记大过、降级或者撤职处分;负有重要领导责任者,给予警告、记过、记大过或者降级处分。

第十一条 有本规定第五条至第十条规定的行为,除给予政纪处分外,对负有领导责任的人员,可同时建议有关机关给予组织处理。

第十二条 有本规定第五条至第十条规定的行为,但未造成较大影响或严重后果的,可以责令作出深刻检查或给予通报批评。

第十三条 对法律、法规授权的具有公共事务管理职能的事业单位中经批准参照《中华人民共和国公务员法》管理的工作人员和其他事业单位中由国家行政机关任命的人员有本规定第五条至第十条规定的行为的,参照本规定执行。

第十四条 本规定由监察部、人力资源和社会保障部、国家信访局负责解释。

第十五条 本规定自公布之日起施行。

中华人民共和国行政诉讼法

(1989 年 4 月 4 日第七届全国人民代表大会第二次会议通过
1989 年 4 月 4 日中华人民共和国主席令第 16 号公布
自 1990 年 10 月 1 日起施行)

目　录

第一章　总　　则

第一条　**【立法目的】**为保证人民法院正确、及时审理行政案件,保护公民、法人和其他组织的合法权益,维护和监督行政机关依法行使行政职权,根据宪法制定本法。

第二条　【诉权】公民、法人或者其他组织认为行政机关和行政机关工作人员的具体行政行为侵犯其合法权益,有权依照本法向人民法院提起诉讼。

第三条　【独立审判原则】人民法院依法对行政案件独立行使审判权,不受行政机关、社会团体和个人的干涉。

人民法院设行政审判庭,审理行政案件。

第四条　【法律适用】人民法院审理行政案件,以事实为根据,以法律为准绳。

第五条　【合法性审查】人民法院审理行政案件,对具体行政行为是否合法进行审查。

第六条　【审理制度】人民法院审理行政案件,依法实行合议、回避、公开审判和两审终审制度。

第七条　【当事人地位平等原则】当事人在行政诉讼中的法律地位平等。

第八条　【使用本民族语言文字原则】各民族公民都有用本民族语言、文字进行行政诉讼的权利。

在少数民族聚居或者多民族共同居住的地区,人民法院应当用当地民族通用的语言、文字进行审理和发布法律文书。

人民法院应当对不通晓当地民族通用的语言、文字的诉讼参与人提供翻译。

第九条　【辩论原则】当事人在行政诉讼中有权进行辩论。

第十条　【检察监督原则】人民检察院有权对行政诉讼

实行法律监督。

第二章 受案范围

第十一条 【受案范围】人民法院受理公民、法人和其他组织对下列具体行政行为不服提起的诉讼：

（一）对拘留、罚款、吊销许可证和执照、责令停产停业、没收财物等行政处罚不服的；

（二）对限制人身自由或者对财产的查封、扣押、冻结等行政强制措施不服的；

（三）认为行政机关侵犯法律规定的经营自主权的；

（四）认为符合法定条件申请行政机关颁发许可证和执照，行政机关拒绝颁发或者不予答复的；

（五）申请行政机关履行保护人身权、财产权的法定职责，行政机关拒绝履行或者不予答复的；

（六）认为行政机关没有依法发给抚恤金的；

（七）认为行政机关违法要求履行义务的；

（八）认为行政机关侵犯其他人身权、财产权的。

除前款规定外，人民法院受理法律、法规规定可以提起诉讼的其他行政案件。

第十二条 【不受案范围】人民法院不受理公民、法人或者其他组织对下列事项提起的诉讼：

（一）国防、外交等国家行为；

（二）行政法规、规章或者行政机关制定、发布的具有普遍约束力的决定、命令；

（三）行政机关对行政机关工作人员的奖惩、任免等决定；

（四）法律规定由行政机关最终裁决的具体行政行为。

第三章　管　　辖

第十三条　【基层法院的管辖】基层人民法院管辖第一审行政案件。

第十四条　【中级法院的管辖】中级人民法院管辖下列第一审行政案件：

（一）确认发明专利权的案件、海关处理的案件；

（二）对国务院各部门或者省、自治区、直辖市人民政府所作的具体行政行为提起诉讼的案件；

（三）本辖区内重大、复杂的案件。

第十五条　【高级法院的管辖】高级人民法院管辖本辖区内重大、复杂的第一审行政案件。

第十六条　【最高法院的管辖】最高人民法院管辖全国范围内重大、复杂的第一审行政案件。

第十七条　【一般地域管辖】行政案件由最初作出具体行政行为的行政机关所在地人民法院管辖。经复议的案件，复议机关改变原具体行政行为的，也可以由复议机关所在地人民法院管辖。

第十八条　【特殊地域管辖】对限制人身自由的行政强制措施不服提起的诉讼，由被告所在地或者原告所在地人民法院管辖。

第十九条　【不动产的特殊地域管辖】因不动产提起的行政诉讼，由不动产所在地人民法院管辖。

第二十条　【选择管辖】两个以上人民法院都有管辖权的案件，原告可以选择其中一个人民法院提起诉讼。原告向两个以上有管辖权的人民法院提起诉讼的，由最先收到起诉状的人民法院管辖。

第二十一条　【移送管辖】人民法院发现受理的案件不属于自己管辖时，应当移送有管辖权的人民法院。受移送的人民法院不得自行移送。

第二十二条　【指定管辖】有管辖权的人民法院由于特殊原因不能行使管辖权的，由上级人民法院指定管辖。

人民法院对管辖权发生争议，由争议双方协商解决。协商不成的，报它们的共同上级人民法院指定管辖。

第二十三条　【管辖权的转移】上级人民法院有权审判下级人民法院管辖的第一审行政案件，也可以把自己管辖的第一审行政案件移交下级人民法院审判。

下级人民法院对其管辖的第一审行政案件，认为需要由上级人民法院审判的，可以报请上级人民法院决定。

第四章　诉讼参加人

第二十四条　【原告】依照本法提起诉讼的公民、法人或者其他组织是原告。

有权提起诉讼的公民死亡，其近亲属可以提起诉讼。

有权提起诉讼的法人或者其他组织终止，承受其权利的法人或者其他组织可以提起诉讼。

第二十五条　【被告】公民、法人或者其他组织直接向人民法院提起诉讼的，作出具体行政行为的行政机关是被告。

经复议的案件，复议机关决定维持原具体行政行为的，作出原具体行政行为的行政机关是被告；复议机关改变原具体行政行为的，复议机关是被告。

两个以上行政机关作出同一具体行政行为的，共同作出具体行政行为的行政机关是共同被告。

由法律、法规授权的组织所作的具体行政行为，该组织是被告。由行政机关委托的组织所作的具体行政行为，委托的行政机关是被告。

行政机关被撤销的，继续行使其职权的行政机关是被告。

第二十六条　【共同诉讼】当事人一方或者双方为二人以上，因同一具体行政行为发生的行政案件，或者因同样的具体行政行为发生的行政案件、人民法院认为可以合并审理的，为共同诉讼。

第二十七条　【第三人】同提起诉讼的具体行政行为有利害关系的其他公民、法人或者其他组织，可以作为第三人申请参加诉讼，或者由人民法院通知参加诉讼。

第二十八条　【法定代理】没有诉讼行为能力的公民，由其法定代理人代为诉讼。法定代理人互相推诿代理责任的，由人民法院指定其中一人代为诉讼。

第二十九条　【委托代理】当事人、法定代理人，可以委托一至二人代为诉讼。

律师、社会团体、提起诉讼的公民的近亲属或者所在单位推荐的人，以及经人民法院许可的其他公民，可以受委托为诉讼代理人。

第三十条 【律师、当事人和其他诉讼代理人的权利、义务】代理诉讼的律师,可以依照规定查阅本案有关材料,可以向有关组织和公民调查,收集证据。对涉及国家秘密和个人隐私的材料,应当依照法律规定保密。

经人民法院许可,当事人和其他诉讼代理人可以查阅本案庭审材料,但涉及国家秘密和个人隐私的除外。

第五章 证 据

第三十一条 【证据的种类】证据有以下几种:

(一)书证;

(二)物证;

(三)视听资料;

(四)证人证言;

(五)当事人的陈述;

(六)鉴定结论;

(七)勘验笔录、现场笔录。

以上证据经法庭审查属实,才能作为定案的根据。

第三十二条 【举证责任】被告对作出的具体行政行为负有举证责任,应当提供作出该具体行政行为的证据和所依据的规范性文件。

第三十三条 【被告取证限制】在诉讼过程中,被告不得自行向原告和证人收集证据。

第三十四条 【人民法院对证据的收集】人民法院有权要求当事人提供或者补充证据。

人民法院有权向有关行政机关以及其他组织、公民调取证据。

第三十五条　【鉴定】在诉讼过程中，人民法院认为对专门性问题需要鉴定的，应当交由法定鉴定部门鉴定；没有法定鉴定部门的，由人民法院指定的鉴定部门鉴定。

第三十六条　【证据保全】在证据可能灭失或者以后难以取得的情况下，诉讼参加人可以向人民法院申请保全证据，人民法院也可以主动采取保全措施。

第六章　起诉和受理

第三十七条　【行政复议与诉讼】对属于人民法院受案范围的行政案件，公民、法人或者其他组织可以先向上一级行政机关或者法律、法规规定的行政机关申请复议，对复议不服的，再向人民法院提起诉讼；也可以直接向人民法院提起诉讼。

法律、法规规定应当先向行政机关申请复议，对复议不服再向人民法院提起诉讼的，依照法律、法规的规定。

第三十八条　【复议及对复议不服的起诉期间】公民、法人或者其他组织向行政机关申请复议的，复议机关应当在收到申请书之日起两个月内作出决定。法律、法规另有规定的除外。

申请人不服复议决定的，可以在收到复议决定书之日起十五日内向人民法院提起诉讼。复议机关逾期不作决定的，申请人可以在复议期满之日起十五日内向人民法院提起诉讼。法律另有规定的除外。

第三十九条　【直接起诉期间】公民、法人或者其他组织直接向人民法院提起诉讼的,应当在知道作出具体行政行为之日起三个月内提出。法律另有规定的除外。

第四十条 【诉讼期间的延长】公民、法人或者其他组织因不可抗力或者其他特殊情况耽误法定期限的,在障碍消除后的十日内,可以申请延长期限,由人民法院决定。

第四十一条 【起诉条件】提起诉讼应当符合下列条件:

(一)原告是认为具体行政行为侵犯其合法权益的公民、法人或者其他组织;

(二)有明确的被告;

(三)有具体的诉讼请求和事实根据;

(四)属于人民法院受案范围和受诉人民法院管辖。

第四十二条 【起诉审查】人民法院接到起诉状,经审查,应当在七日内立案或者作出裁定不予受理。原告对裁定不服的,可以提起上诉。

第七章 审理和判决

第四十三条 【审前准备】人民法院应当在立案之日起五日内,将起诉状副本发送被告。被告应当在收到起诉状副本之日起十日内向人民法院提交作出具体行政行为的有关材料,并提出答辩状。人民法院应当在收到答辩状之日起五日内,将答辩状副本发送原告。

被告不提出答辩状的,不影响人民法院审理。

第四十四条 【停止执行具体行政行为的情形】诉讼期间,不停止具体行政行为的执行。但有下列情形之一的,停止具体行政行为的执行:

（一）被告认为需要停止执行的；

（二）原告申请停止执行，人民法院认为该具体行政行为的执行会造成难以弥补的损失，并且停止执行不损害社会公共利益，裁定停止执行的；

（三）法律、法规规定停止执行的。

第四十五条　【公开审判及例外】人民法院公开审理行政案件，但涉及国家秘密、个人隐私和法律另有规定的除外。

第四十六条　【审判组织】人民法院审理行政案件，由审判员组成合议庭，或者由审判员、陪审员组成合议庭。合议庭的成员，应当是三人以上的单数。

第四十七条　【回避】当事人认为审判人员与本案有利害关系或者有其他关系可能影响公正审判，有权申请审判人员回避。

审判人员认为自己与本案有利害关系或者有其他关系，应当申请回避。

前两款规定，适用于书记员、翻译人员、鉴定人、勘验人。

院长担任审判长时的回避，由审判委员会决定；审判人员的回避，由院长决定；其他人员的回避，由审判长决定。当事人对决定不服的，可以申请复议。

第四十八条　【视为撤诉及缺席判决】经人民法院两次合法传唤，原告无正当理由拒不到庭的，视为申请撤诉；被告无正当理由拒不到庭的，可以缺席判决。

第四十九条　【妨碍行政诉讼的强制措施】诉讼参与人或者其他人有下列行为之一的，人民法院可以根据情节轻重，予以训诫、责令具结悔过或者处一千元以下的罚款、十五日以下的拘留，构成犯罪的，依法追究刑事责任：

（一）有义务协助执行的人，对人民法院的协助执行通知书，无故推拖、拒绝或者妨碍执行的；

（二）伪造、隐藏、毁灭证据的；

（三）指使、贿买、胁迫他人作伪证或者威胁、阻止证人作证的；

（四）隐藏、转移、变卖、毁损已被查封、扣押、冻结的财产的；

（五）以暴力、威胁或者其他方法阻碍人民法院工作人员执行职务或者扰乱人民法院工作秩序的；

（六）对人民法院工作人员、诉讼参与人、协助执行人侮辱、诽谤、诬陷、殴打或者打击报复的。

罚款、拘留须经人民法院院长批准。当事人不服的，可以申请复议。

第五十条 【不适用调解】人民法院审理行政案件，不适用调解。

第五十一条 【申请撤诉】人民法院对行政案件宣告判决或者裁定前，原告申请撤诉的，或者被告改变其所作的具体行政行为，原告同意并申请撤诉的，是否准许，由人民法院裁定。

第五十二条 【审案的依据】人民法院审理行政案件，以法律和行政法规、地方性法规为依据。地方性法规适用于本行政区域内发生的行政案件。

人民法院审理民族自治地方的行政案件，并以该民族自治地方的自治条例和单行条例为依据。

第五十三条 【规章的适用】人民法院审理行政案件,参照国务院部、委根据法律和国务院的行政法规、决定、命令制定、发布的规章以及省、自治区、直辖市和省、自治区的人民政府所在地的市和经国务院批准的较大的市的人民政府根据法律和国务院的行政法规制定、发布的规章。

人民法院认为地方人民政府制定、发布的规章与国务院部、委制定、发布的规章不一致的,以及国务院部、委制定、发布的规章之间不一致的,由最高人民法院送请国务院作出解释或者裁决。

第五十四条 【判决】人民法院经过审理,根据不同情况,分别作出以下判决:

(一)具体行政行为证据确凿,适用法律、法规正确,符合法定程序的,判决维持。

(二)具体行政行为有下列情形之一的,判决撤销或者部分撤销,并可以判决被告重新作出具体行政行为:

1. 主要证据不足的;
2. 适用法律、法规错误的;
3. 违反法定程序的;
4. 超越职权的;
5. 滥用职权的。

(三)被告不履行或者拖延履行法定职责的,判决其在一定期限内履行。

(四)行政处罚显失公正的,可以判决变更。

第五十五条 【被告重作具体行政行为的限制】人民法院判决被告重新作出具体行政行为的,被告不得以同一的事实和理由作出与原具体行政行为基本相同的具体行政行为。

第五十六条　【有关人员违法的处理】人民法院在审理行政案件中,认为行政机关的主管人员、直接责任人员违反政纪的,应当将有关材料移送该行政机关或者其上一级行政机关或者监察、人事机关;认为有犯罪行为的,应当将有关材料移送公安、检察机关。

第五十七条　【一审审理期限】人民法院应当在立案之日起三个月内作出第一审判决。有特殊情况需要延长的,由高级人民法院批准,高级人民法院审理第一审案件需要延长的,由最高人民法院批准。

第五十八条　【上诉】当事人不服人民法院第一审判决的,有权在判决书送达之日起十五日内向上一级人民法院提起上诉。当事人不服人民法院第一审裁定的,有权在裁定书送达之日起十日内向上一级人民法院提起上诉。逾期不提起上诉的,人民法院的第一审判决或者裁定发生法律效力。

第五十九条　【书面审理】人民法院对上诉案件,认为事实清楚的,可以实行书面审理。

第六十条　【二审审理期限】人民法院审理上诉案件,应当在收到上诉状之日起两个月内作出终审判决。有特殊情况需要延长的,由高级人民法院批准,高级人民法院审理上诉案件需要延长的,由最高人民法院批准。

第六十一条　【上诉案件的裁判】人民法院审理上诉案件,按照下列情形,分别处理:

(一)原判决认定事实清楚,适用法律、法规正确的,判决驳回上诉,维持原判;

（二）原判决认定事实清楚，但适用法律、法规错误的，依法改判；

（三）原判决认定事实不清，证据不足，或者由于违反法定程序可能影响案件正确判决的，裁定撤销原判，发回原审人民法院重审，也可以查清事实后改判。当事人对重审案件的判决、裁定，可以上诉。

第六十二条 【当事人的申诉权】当事人对已经发生法律效力的判决、裁定，认为确有错误的，可以向原审人民法院或者上一级人民法院提出申诉，但判决、裁定不停止执行。

第六十三条 【法院监督】人民法院院长对本院已经发生法律效力的判决、裁定，发现违反法律、法规规定认为需要再审的，应当提交审判委员会决定是否再审。

上级人民法院对下级人民法院已经发生法律效力的判决、裁定，发现违反法律、法规规定的，有权提审或者指令下级人民法院再审。

第六十四条 【检察监督】人民检察院对人民法院已经发生法律效力的判决、裁定，发现违反法律、法规规定的，有权按照审判监督程序提出抗诉。

第八章 执 行

第六十五条 【生效判决的执行】当事人必须履行人民法院发生法律效力的判决、裁定。

公民、法人或者其他组织拒绝履行判决、裁定的，行政机关可以向第一审人民法院申请强制执行，或者依法强制执行。

行政机关拒绝履行判决、裁定的，第一审人民法院可以采取以下措施：

（一）对应当归还的罚款或者应当给付的赔偿金，通知银行从该行政机关的账户内划拨；

（二）在规定期限内不履行的，从期满之日起，对该行政机关按日处五十元至一百元的罚款；

（三）向该行政机关的上一级行政机关或者监察、人事机关提出司法建议。接受司法建议的机关，根据有关规定进行处理，并将处理情况告知人民法院；

（四）拒不履行判决、裁定，情节严重构成犯罪的，依法追究主管人员和直接责任人员的刑事责任。

第六十六条　【行政机关申请强制执行】公民、法人或者其他组织对具体行政行为在法定期限内不提起诉讼又不履行的，行政机关可以申请人民法院强制执行，或者依法强制执行。

第九章　侵权赔偿责任

第六十七条　【行政侵权赔偿请求权及程序】公民、法人或者其他组织的合法权益受到行政机关或者行政机关工作人员作出的具体行政行为侵犯造成损害的，有权请求赔偿。

公民、法人或者其他组织单独就损害赔偿提出请求，应当先由行政机关解决。对行政机关的处理不服，可以向人民法院提起诉讼。

赔偿诉讼可以适用调解。

第六十八条　【赔偿主体及对有关人员的追偿】行政机

关或者行政机关工作人员作出的具体行政行为侵犯公民、法人或者其他组织的合法权益造成损害的,由该行政机关或者该行政机关工作人员所在的行政机关负责赔偿。

行政机关赔偿损失后,应当责令有故意或者重大过失的行政机关工作人员承担部分或者全部赔偿费用。

第六十九条　【赔偿费用】赔偿费用,从各级财政列支。各级人民政府可以责令有责任的行政机关支付部分或者全部赔偿费用。具体办法由国务院规定。

第十章　涉外行政诉讼

第七十条　【涉外行政诉讼】外国人、无国籍人、外国组织在中华人民共和国进行行政诉讼,适用本法。法律另有规定的除外。

第七十一条　【同等与对等原则】外国人、无国籍人、外国组织在中华人民共和国进行行政诉讼,同中华人民共和国公民、组织有同等的诉讼权利和义务。

外国法院对中华人民共和国公民、组织的行政诉讼权利加以限制的,人民法院对该国公民、组织的行政诉讼权利,实行对等原则。

第七十二条　【冲突规范的解决】中华人民共和国缔结或者参加的国际条约同本法有不同规定的,适用该国际条约的规定。中华人民共和国声明保留的条款除外。

第七十三条　【涉外代理】外国人、无国籍人、外国组织在中华人民共和国进行行政诉讼,委托律师代理诉讼的,应当委托中华人民共和国律师机构的律师。

第十一章　附　　则

第七十四条　【诉讼费用】人民法院审理行政案件，应当收取诉讼费用。诉讼费用由败诉方承担，双方都有责任的由双方分担。收取诉讼费用的具体办法另行规定。

第七十五条　【生效日期】本法自1990年10月1日起施行。

中华人民共和国国家赔偿法

（1994年5月12日第八届全国人民代表大会常务委员会第七次会议通过 1994年5月12日中华人民共和国主席令第23号公布 自1995年1月1日起施行）

目 录

第一章 总 则

第一条 【立法目的】为保障公民、法人和其他组织享有依法取得国家赔偿的权利，促进国家机关依法行使职权，根据宪法，制定本法。

第二条 【国家赔偿的含义与履行机关】国家机关和国家机关工作人员违法行使职权侵犯公民、法人和其他组织的合法权益造成损害的，受害人有依照本法取得国家赔偿的权利。

国家赔偿由本法规定的赔偿义务机关履行赔偿义务。

第二章 行政赔偿

第一节 赔偿范围

第三条 【人身侵权的行政赔偿范围】行政机关及其工作人员在行使行政职权时有下列侵犯人身权情形之一的，受害人有取得赔偿的权利：

（一）违法拘留或者违法采取限制公民人身自由的行政强制措施的；

（二）非法拘禁或者以其他方法非法剥夺公民人身自由的；

（三）以殴打等暴力行为或者唆使他人以殴打等暴力行为造成公民身体伤害或者死亡的；

（四）违法使用武器、警械造成公民身体伤害或者死亡的；

（五）造成公民身体伤害或者死亡的其他违法行为。

第四条 【财产侵权的行政赔偿范围】行政机关及其工作人员在行使行政职权时有下列侵犯财产权情形之一的，受害人有取得赔偿的权利：

（一）违法实施罚款、吊销许可证和执照、责令停产停业、没收财物等行政处罚的；

（二）违法对财产采取查封、扣押、冻结等行政强制措施的；

（三）违反国家规定征收财物、摊派费用的；

（四）造成财产损害的其他违法行为。

第五条 【国家不承担赔偿责任的情形】属于下列情形之一的，国家不承担赔偿责任：

（一）行政机关工作人员与行使职权无关的个人行为；

（二）因公民、法人和其他组织自己的行为致使损害发生的；

（三）法律规定的其他情形。

第二节 赔偿请求人和赔偿义务机关

第六条 【求偿主体】受害的公民、法人和其他组织有权要求赔偿。

受害的公民死亡，其继承人和其他有扶养关系的亲属有权要求赔偿。

受害的法人或者其他组织终止，承受其权利的法人或者其他组织有权要求赔偿。

第七条 【行政赔偿义务机关】行政机关及其工作人员行使行政职权侵犯公民、法人和其他组织的合法权益造成损害的，该行政机关为赔偿义务机关。

两个以上行政机关共同行使行政职权时侵犯公民、法人和其他组织的合法权益造成损害的，共同行使行政职权的行

政机关为共同赔偿义务机关。

法律、法规授权的组织在行使授予的行政权力时侵犯公民、法人和其他组织的合法权益造成损害的，被授权的组织为赔偿义务机关。

受行政机关委托的组织或者个人在行使受委托的行政权力时侵犯公民、法人和其他组织的合法权益造成损害的，委托的行政机关为赔偿义务机关。

赔偿义务机关被撤销的，继续行使其职权的行政机关为赔偿义务机关；没有继续行使其职权的行政机关的，撤销该赔偿义务机关的行政机关为赔偿义务机关。

第八条　【复议机关的赔偿责任】经复议机关复议的，最初造成侵权行为的行政机关为赔偿义务机关，但复议机关的复议决定加重损害的，复议机关对加重的部分履行赔偿义务。

第三节　赔 偿 程 序

第九条　【赔偿的提出】赔偿义务机关对依法确认有本法第三条、第四条规定的情形之一的，应当给予赔偿。

赔偿请求人要求赔偿应当先向赔偿义务机关提出，也可以在申请行政复议和提起行政诉讼时一并提出。

第十条　【求偿人可选择赔偿义务机关】赔偿请求人可以向共同赔偿义务机关中的任何一个赔偿义务机关要求赔偿，该赔偿义务机关应当先予赔偿。

第十一条　【数项赔偿的同时提出】赔偿请求人根据受到的不同损害，可以同时提出数项赔偿要求。

第十二条 【求偿申请书】要求赔偿应当递交申请书，申请书应当载明下列事项：

（一）受害人的姓名、性别、年龄、工作单位和住所，法人或者其他组织的名称、住所和法定代表人或者主要负责人的姓名、职务；

（二）具体的要求、事实根据和理由；

（三）申请的年、月、日。

赔偿请求人书写申请书确有困难的，可以委托他人代书；也可以口头申请，由赔偿义务机关记入笔录。

第十三条 【赔偿义务机关的履行期限】赔偿义务机关应当自收到申请之日起两个月内依照本法第四章的规定给予赔偿；逾期不予赔偿或者赔偿请求人对赔偿数额有异议的，赔偿请求人可以自期间届满之日起三个月内向人民法院提起诉讼。

第十四条 【追偿与处罚】赔偿义务机关赔偿损失后，应当责令有故意或者重大过失的工作人员或者受委托的组织或者个人承担部分或者全部赔偿费用。

对有故意或者重大过失的责任人员，有关机关应当依法给予行政处分；构成犯罪的，应当依法追究刑事责任。

第三章 刑 事 赔 偿

第一节 赔 偿 范 围

第十五条 【人身侵权的刑事赔偿范围】行使侦查、检察、审判、监狱管理职权的机关及其工作人员在行使职权时有下列侵犯人身权情形之一的，受害人有取得赔偿的权利：

（一）对没有犯罪事实或者没有事实证明有犯罪重大嫌疑的人错误拘留的；

（二）对没有犯罪事实的人错误逮捕的；

（三）依照审判监督程序再审改判无罪，原判刑罚已经执行的；

（四）刑讯逼供或者以殴打等暴力行为或者唆使他人以殴打等暴力行为造成公民身体伤害或者死亡的；

（五）违法使用武器、警械造成公民身体伤害或者死亡的。

第十六条 【财产侵权的刑事赔偿】行使侦查、检察、审判、监狱管理职权的机关及其工作人员在行使职权时有下列侵犯财产权情形之一的，受害人有取得赔偿的权利：

（一）违法对财产采取查封、扣押、冻结、追缴等措施的；

（二）依照审判监督程序再审改判无罪，原判罚金、没收财产已经执行的。

第十七条 【国家免责的情形】属于下列情形之一的，国家不承担赔偿责任：

（一）因公民自己故意作虚伪供述，或者伪造其他有罪证据被羁押或者被判处刑罚的；

（二）依照刑法第十四条、第十五条规定不负刑事责任的人被羁押的；

（三）依照刑事诉讼法第十一条规定不追究刑事责任的人被羁押的；

（四）行使国家侦查、检察、审判、监狱管理职权的机关的工作人员与行使职权无关的个人行为；

（五）因公民自伤、自残等故意行为致使损害发生的；

（六）法律规定的其他情形。

第二节　赔偿请求人和赔偿义务机关

第十八条　【求偿人】赔偿请求人的确定依照本法第六条的规定。

第十九条　【赔偿义务机关】行使国家侦查、检察、审判、监狱管理职权的机关及其工作人员在行使职权时侵犯公民、法人和其他组织的合法权益造成损害的，该机关为赔偿义务机关。

对没有犯罪事实或者没有事实证明有犯罪重大嫌疑的人错误拘留的，作出拘留决定的机关为赔偿义务机关。

对没有犯罪事实的人错误逮捕的，作出逮捕决定的机关为赔偿义务机关。

再审改判无罪的，作出原生效判决的人民法院为赔偿义务机关。二审改判无罪的，作出一审判决的人民法院和作出逮捕决定的机关为共同赔偿义务机关。

第三节　赔 偿 程 序

第二十条　【赔偿的提出】赔偿义务机关对依法确认有本法第十五条、第十六条规定的情形之一的，应当给予赔偿。

赔偿请求人要求确认有本法第十五条、第十六条规定情形之一的，被要求的机关不予确认的，赔偿请求人有权申诉。

赔偿请求人要求赔偿，应当先向赔偿义务机关提出。

赔偿程序适用本法第十条、第十一条、第十二条的规定。

第二十一条 【履行赔偿的期限】赔偿义务机关应当自收到申请之日起两个月内依照本法第四章的规定给予赔偿；逾期不予赔偿或者赔偿请求人对赔偿数额有异议的，赔偿请求人可以自期间届满之日起三十日内向其上一级机关申请复议。

赔偿义务机关是人民法院的，赔偿请求人可以依照前款规定向其上一级人民法院赔偿委员会申请作出赔偿决定。

第二十二条 【赔偿的复议】复议机关应当自收到申请之日起两个月内作出决定。

赔偿请求人不服复议决定的，可以在收到复议决定之日起三十日内向复议机关所在地的同级人民法院赔偿委员会申请作出赔偿决定；复议机关逾期不作决定的，赔偿请求人可以自期间届满之日起三十日内向复议机关所在地的同级人民法院赔偿委员会申请作出赔偿决定。

第二十三条 【赔偿委员会】中级以上的人民法院设立赔偿委员会，由人民法院三名至七名审判员组成。

赔偿委员会作赔偿决定，实行少数服从多数的原则。

赔偿委员会作出的赔偿决定，是发生法律效力的决定，必须执行。

第二十四条 【追偿与处罚】赔偿义务机关赔偿损失后，应当向有下列情形之一的工作人员追偿部分或者全部赔偿费用：

（一）有本法第十五条第（四）、（五）项规定情形的；

（二）在处理案件中有贪污受贿，徇私舞弊，枉法裁判行为的。

对有前款(一)、(二)项规定情形的责任人员,有关机关应当依法给予行政处分;构成犯罪的,应当依法追究刑事责任。

第四章　赔偿方式和计算标准

第二十五条　【赔偿方式】国家赔偿以支付赔偿金为主要方式。

能够返还财产或者恢复原状的,予以返还财产或者恢复原状。

第二十六条　【侵犯人身自由赔偿金的计算】侵犯公民人身自由的,每日的赔偿金按照国家上年度职工日平均工资计算。

第二十七条　【侵犯生命健康权赔偿金的计算】侵犯公民生命健康权的,赔偿金按照下列规定计算:

(一)造成身体伤害的,应当支付医疗费,以及赔偿因误工减少的收入。减少的收入每日的赔偿金按照国家上年度职工日平均工资计算,最高额为国家上年度职工年平均工资的五倍;

(二)造成部分或者全部丧失劳动能力的,应当支付医疗费,以及残疾赔偿金,残疾赔偿金根据丧失劳动能力的程度确定,部分丧失劳动能力的最高额为国家上年度职工年平均工资的十倍,全部丧失劳动能力的为国家上年度职工年平均工资的二十倍。造成全部丧失劳动能力的,对其扶养的无劳动能力的人,还应当支付生活费;

(三)造成死亡的,应当支付死亡赔偿金、丧葬费,总额为国家上年度职工年平均工资的二十倍。对死者生前扶养的无劳动能力的人,还应当支付生活费。

前款第(二)、(三)项规定的生活费的发放标准参照当地民政部门有关生活救济的规定办理。被扶养的人是未成年人的,生活费给付至十八周岁止;其他无劳动能力的人,生活费给付至死亡时止。

第二十八条 【侵犯财产权赔偿金的计算】侵犯公民、法人和其他组织的财产权造成损害的,按照下列规定处理:

(一)处罚款、罚金、追缴、没收财产或者违反国家规定征收财物、摊派费用的,返还财产;

(二)查封、扣押、冻结财产的,解除对财产的查封、扣押、冻结,造成财产损坏或者灭失的,依照本条第(三)、(四)项的规定赔偿;

(三)应当返还的财产损坏的,能够恢复原状的恢复原状,不能恢复原状的,按照损害程度给付相应的赔偿金;

(四)应当返还的财产灭失的,给付相应的赔偿金;

(五)财产已经拍卖的,给付拍卖所得的价款;

(六)吊销许可证和执照、责令停产停业的,赔偿停产停业期间必要的经常性费用开支;

(七)对财产权造成其他损害的,按照直接损失给予赔偿。

第二十九条 【赔偿费用的来源】赔偿费用,列入各级财政预算,具体办法由国务院规定。

第五章 其他规定

第三十条 【对受损名誉权、荣誉权的救济】赔偿义务机关对依法确认有本法第三条第(一)、(二)项、第十五条第(一)、(二)、(三)项规定的情形之一,并造成受害人名誉权、荣誉权损害的,应当在侵权行为影响的范围内,为受害人消除影响,恢复名誉,赔礼道歉。

第三十一条 【非刑事诉讼的司法赔偿】人民法院在民事诉讼、行政诉讼过程中,违法采取对妨害诉讼的强制措施、保全措施或者对判决、裁定及其他生效法律文书执行错误,造成损害的,赔偿请求人要求赔偿的程序,适用本法刑事赔偿程序的规定。

第三十二条 【求偿时效】赔偿请求人请求国家赔偿的时效为两年,自国家机关及其工作人员行使职权时的行为被依法确认为违法之日起计算,但被羁押期间不计算在内。

赔偿请求人在赔偿请求时效的最后六个月内,因不可抗力或者其他障碍不能行使请求权的,时效中止。从中止时效的原因消除之日起,赔偿请求时效期间继续计算。

第三十三条 【对外国主体的赔偿的特殊规定】外国人、外国企业和组织在中华人民共和国领域内要求中华人民共和国国家赔偿的,适用本法。

外国人、外国企业和组织的所属国对中华人民共和国公民、法人和其他组织要求该国国家赔偿的权利不予保护或者限制的,中华人民共和国与该外国人、外国企业和组织的所属国实行对等原则。

第六章　附　则

第三十四条　【不得向求偿人收费和征税】赔偿请求人要求国家赔偿的，赔偿义务机关、复议机关和人民法院不得向赔偿请求人收取任何费用。

对赔偿请求人取得的赔偿金不予征税。

第三十五条　【生效日期】本法自 1995 年 1 月 1 日起施行。